니콜로 장편 소설

FUSION FANTASTIC STORY

# ARENA

# 아레나
## 아계사냥기

# 아레나, 이계사냥기 4

니콜로 장편 소설

초판 1쇄 찍은 날 § 2015년 5월 8일
초판 1쇄 펴낸 날 § 2015년 5월 15일

지은이 § 니콜로
펴낸이 § 서경석

편집책임 § 박은정

펴낸곳 § 도서출판 청어람
등록번호 § 제387-1999-000006호
등록일자 § 1999. 5. 31
어람번호 § 제1-2118호

주소 § 경기도 부천시 원미구 부일로 483번길 40 서경B/D 3F (우) 420-822
전화 § 032-656-4452  팩스 § 032-656-4453
http://www.chungeoram.com
E-mail § chungeorambook@daum.net

ⓒ 니콜로, 2015

ISBN 979-11-04-90225-3 04810
ISBN 979-11-04-90152-2 (세트)

FUSION FANTASTIC STORY

니콜로 장편 소설

# ARENA

## 아레나
## 이계사냥기

### 4

도서출판 청어람

# ARENA
## 아레나
### 이계사냥기

# CONTENTS

제1장 독립 7

제2장 벨라 33

제3장 다시 아레나로 59

제4장 오딘의 능력 85

제5장 탐사 109

제6장 부흥 135

제7장 침공 157

제8장 마무리 181

제9장 돌아와서 생긴 일 207

제10장 카르마 거래 243

제11장 새로운 탄생 269

# 1장

독립

"오빠, 저 뭐 달라진 거 없어요?"

남자를 겁먹게 하려면 이 질문을 하면 된다. 근데 다행히 달라진 게 아주 확연했다.

"머리 잘랐네?"

"히히, 네."

미정은 한 바퀴 빙 돌아보였다.

긴 생머리였던 미정은 브라운 톤으로 염색한 단발머리가 되어 있었다. C컬 펌인지 뭔지 난 잘 모르지만 아무튼 예뻐 보였다. 1년 만에 본 터라 뭘 해도 사랑스럽다.

"갑자기 머리는 왜? 실연당했니?"

민정은 깔깔 웃었다.

"이제 곧 대학도 졸업이잖아요."

졸업식은 내년이지만 수업은 며칠 후에 끝나니 사실상 대학교와 작별이라고 한다.

"졸업하면 바로 올라갈 거야?"

"아직 방 알아보고 있어요. 구해지는 대로 이사하려고요."

나는 잠시 생각해 보다가 말했다.

"나도 독립할 생각이었는데 같은 동네로 갈까?"

"정말요?"

"응. 그럴 때도 됐잖아. 이제 돈도 충분히 있고."

"우와! 그럼 앞으로도 계속 같이 있는 거네요?"

"흐흐, 어디든 쫓아간다. 나 스토커 기질 있는 거 알지?"

"스토커 기질은 모르겠고, 살짝 공처가 기질?"

"큭, 부인할 수가 없다."

"히히히."

민정은 내 곁에 찰싹 붙었다. 머릿결의 향기가 너무 좋다. 1년 만에 맡는 민정의 체취였다.

근데 민정은 문득 날 보더니 고개를 갸웃거렸다.

"이상하네."

"뭐가?"

"왜 이렇게 오랜만에 본 것 같지?"

"그, 그래?"

"네, 오빠 왠지 군대 갔다가 첫 휴가 나온 남친 같은 느낌이 나요."

나는 움찔했다.

"내 어디가 그래?"

"스킨십을 되게 의식하는 점?"

"……."

식스센스가 정말 날카롭다. 귀신이냐.

영화를 보고 커피를 마시며 잡담을 나누는데, 주로 이사할 지역에 대해 토론을 벌였다. 민정이 다닐 회사는 가산디지털단지에 있다고 했다.

"친척 오빠가 그러는데 부천이 살기 좋대요. 백화점이랑 대형마트도 많고 편의시설도 좋대요."

"그래? 그럼 부천으로 당장 알아볼까?"

스마트폰으로 부동산 어플을 다운받아 부천 지역 매물을 확인해 보았다. 민정도 스마트폰을 열심히 만지작거리며 원룸 매물을 살피는 중이었다.

나는 가장 비싼 매물 순서로 보았다.

상단에 곧바로 오피스텔 최상층 펜트하우스가 나타났다. 매매가가 무려 13억짜리였다. 관리비가 많이 나오는지 월세 사는 기분이라는 등 말이 많았다.

'뭐, 돈은 썩어나니까.'

누진세니 뭐니 나와는 상관없는 이야기지.

방 4개, 화장실 2개, 시내 정경이 병풍처럼 펼쳐진 전망.

무엇보다도 무려 60평이 훌쩍 넘는 광활한 테라스가 멋졌다. 사진을 보니 말이 테라스지 마당이나 다름없었다.

'저렴한데, 하나 사야겠다.'

전혀 저렴하지 않지만 스위스 계좌에 잔고가 300억이 넘는 나한테야 뭐.

"오빠, 뭐 봐요?"

민정이 무심코 내가 보고 있는 매물을 봤다가 기겁을 했다.

"히익! 오빠 여기 살려고요?"

"응. 그럴까 싶어."

"너무 비싼 데 아니에요?"

"13억밖에 안 해."

"밖에……."

민정은 몽롱한 얼굴로 펜트하우스의 사진을 한 장 한 장 넘긴다.

"좋지?"

"오빠, 너무 부러워요! 나도 이런 데서 살면 얼마나 좋을까."

"우리 사이에 뭘. 언제든 놀러와."

"정말이죠?"

"그럼."

실은 동거하고 싶다. 일단은 놀러 오는 것으로 시작해야지.

자주 놀러오게 되면 자기 원룸보다 내 집에 머무는 날이 더 많아질 테고, 결국은 자연스럽게 동거.

'흐흐흐.'

12개월간 독수공방한 덕에 음흉한 쪽으로 머리가 팽팽 잘도 돌아갔다.

"이 방을 내 침실로 쓰는 게 좋겠지? 화장실이랑 드레스룸이 딸려 있으니까."

"네! 그리고 이 방은 오빠 작업실로 쓰는 게 좋겠어요."

"작업? 달리 작업할 게 없는데."

"그래도 컴퓨터랑 책이랑 놓고 다용도로 쓰면 되잖아요."

"아, 그거 좋다."

"그리고 남은 방 하나는 손님방! 손님 오면 재워주는 방 어때요? 호텔방처럼 꾸며놓고."

"괜찮다."

"히히, 그죠?"

민정은 눈이 반짝반짝 빛나며 마치 자기 집인 것처럼 열띠게 의견을 제시했다. 그때마다 나는 동의해 주면서 내심 미소를 지었다.

그래, 민정아. 이 집이 바로 네 집이란다.

"앙, 오빠 너무 좋겠어요. 드라마에 나오는 부자들 사는 집 같아요. 이 테라스 봐요. 완전 산책로야!"

"여기다 큰 개 한 마리 키워도 될 것 같지? 시베리안 허스키 같은 거."

"하앙, 최고예요."

민정은 금방이라도 숨이 넘어갈 것 같은 얼굴이었다.

이때다 싶어서 나는 은근슬쩍 말했다.

"이 방, 네 말대로 손님방으로 꾸며놓을 테니까 네가 자주 와서 지내면 되겠다. 그치?"

그런데 민정의 얼굴이 새초롬하게 변했다.

"손님방? 옆에 안 재우고 손님방에 보내려고요?"

"어? 아, 아니."

"치……."

민정은 삐친 척을 했다. 그렇다. 분명 삐친 척이었다. 난 애가 왜 갑자기 삐친 척을 하는지 알아내야만 했다.

'무엇 때문에?'

분명 어떤 대답을 유도하려는 여우 짓이었다.

'음, 그건가?'

나는 내가 생각한 모범답안을 제시하기로 했다.

"같이 살자고 하면 부담스러울까 봐 그랬어."

"오, 오빠……."

이제 민정은 의외인 척, 감동한 척을 하고 있다. 귀여운 것.

"하지만 우리 너무 빠르지 않아요?"

……이 아이 좀 보게? 원하는 말을 제시해 주었는데 덥석 안 물고 튕겨?

이럼 나도 생각이 살짝 달라진다.

"그런가?"

"네……."

"그래, 내가 너무 내 욕심만 차린 것 같다. 부담 줘서 미안해."

"아, 아니에요."

민정은 뜨악한 얼굴이 되었다.

그렇게 원하니 우리 밀당이나 한번 하자꾸나. 남친의 으리으리한 펜트하우스를 봐놓고도 원룸 매물이 눈에 들어오나 보자.

그렇게 동거 얘기가 끝나버리자 민정의 얼굴에 후회가 가득했다.

커피를 다 마시고 일어서며 민정이 말했다.

"오늘 우리 집으로 가요. 밥해줄게요."

뭔가 투지 가득한 얼굴이었다.

"그래, 맛있는 거 해줄 거야?"

"오빠가 제일 좋아하는 거 해줄게요. 가는 길에 같이 장 봐요."

"오케이."

우리는 가는 길에 마트에 들러 장을 봤다.

돼지갈비와 당근, 양파 등을 장바구니에 척척 넣는다. 민정의 얼굴에 결의가 어려 있었다.

'힘내렴.'

나는 그저 흐뭇할 따름이었다.

집에 돌아와 민정은 바쁘게 부엌을 누비며 달콤한 돼지갈비찜을 푸짐하게 차려주었다.

'이게 얼마만의 고기냐.'

엘프들과 채식만 하며 1년을 보낸 나는 감격하여 마구 먹었다. 밥을 두 공기나 비웠다.

"배불러요?"

"응, 진짜 맛있다."

"그럼 우리 같이 씻을까요?"

"……엑?"

민정은 내 손을 붙잡고 욕실로 향했다.

그날, 잘못 튕긴 대가로 민정은 푸짐한 요리부터 잠자리까지 풀코스로 나를 만족시켜야 했다.

알몸으로 내 품에 안긴 민정이 속삭였다.

"좋았어요?"

"응."

오늘 하루는 정말 천국에 다녀온 기분이었다.

"헤헤, 우리 이러니까 부부 같죠?"

알았으니까 그만 좀 보채렴.

"우리 같이 살자, 민정아."

"아이, 또 그러신다."

또 버릇처럼 한 번 튕기고 보는 민정. 너 그거 습관이지? 조건
반사지?

"휴, 미안. 안 그러기로 해놓고 또 이러네."

"예?"

당혹에 찬 민정.

"이제 다신 이런 말 하지 않을게. 정말 미안."

그러자,

"이씨!"

발끈 화가 난 민정이 내 옆구리를 꼬집었다.

나는 폭소를 터뜨렸다.

*　　　*　　　*

일단 결심을 했고, 돈은 많으니 일사천리였다.

가족들을 모아놓고 독립하겠다니까 다들 찬성했다.

백수 짓 하던 예전과 달리 이젠 번듯한 직장이 있으니 독립해
도 상관없는 나이라 여긴 것이다.

"집은 구했고?"

엄마의 물음에 난 고개를 끄덕였다.

"괜찮은 원룸이 있더라."

당연히 내 재산 규모는 우리 가족에게는 비밀이었다. 돈의 출처를 추궁할 게 뻔하니까. 바보인 현지와 달리 엄마와 누나는 내가 꾸며낸 스토리가 먹히지 않을 터였다.

그렇게 가족들에게 통보한 뒤, 다음 날 곧장 부천으로 달려갔다. 미리 연락해 놓은 부동산 업자와 만나 함께 펜트하우스 매물을 실사하였다.

"괜찮네요."

사진에서 본 것보다 훨씬 멋진 집이었다. 호화롭다는 느낌이 팍팍 들어서 마음에 들었다.

"이만한 매물이 없죠. 돈만 있으면 다들 살고 싶은 딱 그런 집 아닙니까."

"근데 현금 일시불로 계좌이체 할 수 있는데 12억 3천까지 깎을 수 있나요?"

"어휴, 지금도 싸게 나온 거라……."

"그럼 아무것도 없다 이거죠?"

내 물음에 부동산 업자가 말했다.

"으음, 제가 잘 말해봐서 최대한 깎아보겠습니다."

바로 현금을 쏜다니까 주인으로부터 12억 5천을 제안받았다.

돈이 아쉬운 건 아닌데, 그래도 깎을 수 있으면 깎는 게 미덕이거든.

바로 계약하고 돈을 송금시키면서 펜트하우스는 내 소유가 되었다.

"적당한 원룸 하나 따로 알아봐 주실래요?"

"원룸은 왜요?"

"여러 용도로 쓰게요."

엄마와 누나의 방문, 민정의 부모님의 기습, 민정과의 이별 등 여러 가지 상황을 대비한 용도였다.

펜트하우스에는 기본 옵션으로 있는 냉장고, 가스레인지, 전자레인지, 오븐, 드럼세탁기 외에는 아무것도 없어 텅 비었다.

하루 만에 초스피드로 사서 그런가, 이게 내 집이 되었다는 실감이 들지 않았다.

고개를 갸웃거리다가 중얼거렸다.

"일단 침대부터 살까?"

이왕이면 킹사이즈로 사야겠다.

스마트폰 메모 어플로 필요한 것을 생각나는 대로 적었다.

침대, 책상, 컴퓨터, TV, 식탁, 소파.

또 뭐가 있더라?

나는 메모 내용을 붙여넣기해서 민정에게 문자를 보냈다.

잠시 후 민정이 답장을 보내왔다.

[유민정∧∧＊: 취사도구, 식기, 세면도구, 목욕용품, 책꽂이, 아참 옷장은 있나요?]

[나: ㅇㅇ 방마다 벽장 설치되어 있고, 드레스룸 있잖아.]

[유민정∧∧＊: 가구 같이 고르면 안 돼요?]

[나: 왜 안 돼, 같이 살 집인데]

[유민정∧∧＊: 꺄앙♡]

그렇게 나는 독립을 했다.

　　　　＊　　　＊　　　＊


　다음 날, 민정과 함께 백화점을 돌아다니며 거액의 쇼핑을 했다.

　킹사이즈의 침대, 모던한 스타일의 책상과 식탁, 소파 등.

　민정을 위해 화장대도 구매했는데, 생각해 보니 나도 머리 만지고 얼굴에 뭐 바를 때 필요할 듯했다.

　"아흥, 행복해!"

　민정은 돈을 펑펑 쓰는 맛에 흠뻑 취했다. 돈에 구애받지 않고 마음에 드는 최고의 물건을 살 수 있다는 것은 이렇게 달콤한 것이었다.

　전자제품 매장에서는 우선 85인치짜리 TV부터 질렀다.

　"이걸로 드라마 보면 완전 극장이겠어요."

　"극장이라……."

　그럼 빵빵한 사운드도 필수지.

　홧김에 오디오도 질렀다.

　컴퓨터는 큰 욕심이 없어서 적당한 올인원PC를 구매했다.

　지름신의 대행진!

　하루 만에 필요한 것을 전부 사버렸다.

　"우리 미친 것 같아요."

　아직도 흥분이 가시지 않았는지 민정은 얼굴이 붉게 상기되어 있었다.

　"뭐, 어차피 다 필요한 것들뿐이잖아."

하나같이 비싼 것들이라 그렇지.

그날 집에 가서 대기하고 있으니, 주문했던 물건들이 하나둘 이삿짐처럼 배송되기 시작했다.

직원들이 주문한 물건을 가져와 설치하고 갈 때마다 텅 빈 펜트하우스는 사람 사는 집답게 변모하였다.

"우와! 이건 사진 찍어야 해!"

대화면 TV와 오디오가 배치된 거실을 보며 민정이 셀카를 찍고 난리도 아니었다.

"잠깐, 현지한테 보낼 건 아니지?"

"아참, 안 보낼게요."

방심할 수가 없군.

현지도 내가 돈 많다는 걸 유럽여행을 통해 대충 눈치챘지만 이 정도로 부자라는 건 아직 모른다.

내 계좌 잔고를 보면 얼마나 집요하게 매달릴지 모른다.

\*　　　\*　　　\*

일어나 보니 소파였다.

민정은 이 좁은 소파에서 용케 떨어지지 않고 내게 찰싹 달라붙어 잘도 자고 있었다.

왜 이러고 있지?

아아.

생각났다. 간밤에 85인치 TV의 대화면을 느껴보고자 노트북에 연결해 영화를 실컷 보다 잠들었다.

킹사이즈 침대를 놔두고 여기서 새집의 첫날밤을 보내다니, 나 원.

난 민정을 번쩍 들어 침실로 옮겼다. 그리고 나오려니까 민정이 키득거리며 두 팔로 나를 끌어안고 매달렸다.

입을 맞추고 오른손을 그녀의 셔츠 안으로 집어넣었다. 그건 싫었는지 슬며시 뿌리친다. 아직 졸린가 보다.

가볍게 키스를 해주고 스마트폰을 들고 밖으로 나왔다.

마당처럼 드넓은 60평짜리 테라스를 빙 둘러보며 전화를 걸었다.

―시험은 잘 보셨소?

전화 건 상대는 오딘이었다.

"예, 무사히 클리어했습니다."

―잘됐군. 나도 마찬가지요. 어려울 건 없었는데 어쩐지 폭풍 전야 같더군.

"……?"

―바스티앙 자작가 기억하시오?

"물론이죠."

―그들과 전쟁을 치를 준비를 하라더군. 그게 지난번 시험이었소.

"전쟁이요?"

―그렇소. 전에 김현호 씨를 돕고자 파견한 군대가 그들에게 당했잖소. 그냥 넘어갈 수 없지.

나는 뭔가 아레나의 정세가 심상치 않게 흘러가고 있다는 것을 느꼈다.

"그게 시험이었다면 율법이 바스티앙 자작가를 치기를 바란다고 생각해도 되지 않습니까?"

—그렇겠지. 바스티앙 자작가를 치는 게 시험의 목적에 부합하기에 그런 시험이 나온 게 아니겠소.

"저는 모든 일이 갈색산맥의 엘프를 중심으로 벌어지고 있다고 생각됩니다."

—엘프들? 혹시 김현호 씨는 그쪽의 엘프들과 함께 있소?

"예."

—놀랍군. 엘프와 접촉할 수 있는 인간은 시험자를 통틀어도 없을 텐데.

나는 갈색산맥을 둘러싼 정세를 간단히 설명했다.

갈색산맥의 동쪽에는 라이칸스로프 실버 씨족.

북쪽은 바스티앙 자작가.

남서쪽은 절벽을 징그럽게 기어오르고 있는 언데드들.

어쩐지 사방에서 엘프를 압박하고 있다는 느낌을 지울 수가 없다.

"만약에 바스티앙 자작가가 실버 씨족과 모종의 거래를 했다면 최근 어린 엘프를 납치하려 했던 인간들 또한 바스티앙 자작가 측이라고 해석할 수 있습니다."

—흐음…….

"혹시 흑마법사에 대해 아십니까?"

—흑마법은 전 대륙 국가가 금지한 마법의 일종이오. 본래는 불노불사를 연구하다가 변질된 학문이라더군.

"언데드가 대량으로 엘프의 영역을 침공하고 있는데, 실버

씨족과 바스티앙 자작가와 흑마법사들을 함께 묶어서 생각해 보는 건 어떻습니까?'

─넓은 관점에서 보자는 거군. 확실히 그렇게 본다면 정세를 뒤에서 조종하는 어떤 세력이 엘프를 노린다고 봐도 되겠소.

"어쩌면 그들이 이 시험의 최종 목적이 아닐까요?'

─그건 속단할 수 없소.

"그렇겠죠."

─어렵게 생각할 필요는 없소. 결국 주어진 시험을 클리어하면 그만이니까.

오딘이 계속 말했다.

─나는 다음 시험에서 바스티앙 자작가를 섬멸할 것이오. 아마 그쪽은 언데드들이나 라이칸스로프들과 싸우게 되겠지.

"예, 아마도요."

─그럼 셋 중 둘을 격파하여 합종을 깨부수게 되는 셈이오.

"그렇군요. 주어진 시험만 제대로 클리어하면 되는 거네요."

─우리가 나아가야 할 방향은 시험이 알아서 제시해 준다고 봐야지.

"네."

그 점에서 난 생각이 다르다. 율법이 원하는 방향성을 미리 바라봐야 한다고 나는 생각한다.

내가 이렇게 폭발적으로 성장할 수 있었던 것도 그 덕분이라고 본다.

─아무튼 다음 시험도 건투를 빌겠소.

"예, 오딘 씨도요."

—그리고…….

"말씀하세요."

—박진성 회장이 완쾌됐더구려.

"예."

—김현호 씨의 이번에 주어진 휴식 시간이 어느 정도요?

"60일입니다. 이제 58일 남았죠."

—한 가지 부탁을 해도 되겠소?

"따님 말이죠?"

—역시 눈치가 빠르시군.

박진성 회장 완쾌 얘길 먼저 꺼냈으니 뻔하지.

—딸아이를 연말까지만 당신과 함께 있게 하면 안 되겠소?

"그렇게 하시죠."

—고맙소. 사례는 어떤 것을 원하시오?

나는 곰곰이 생각해 보았다.

일단 돈은 별로다. 지금도 충분히 많다. 되도록 아레나에서 도움이 될 수 있으면 좋겠다. 그는 아레나에서 영주 아닌가.

곰곰이 생각해 본 끝에 말했다.

"아레나에서 엘프가 노예로 유통되고 있다고 들었습니다."

—그런 놈들이 있지. 내로라하는 귀족 가문 놈들이 꼭 그런 짓을 하오. 엘프처럼 사로잡기 힘든 귀한 노예가 자기들의 위세를 증명한다고 생각하는 모양이오. 난 인권이라는 개념을 아는 현대 지구인이라 구역질이 나지만 말이오.

"엘프 노예를 최대한 많이 사서 저희 쪽에 돌려보내 주시는 건 힘드신가요?"

―엘프 노예들을?

"예, 그리고 그것을 계기로 오딘 씨의 가문이 갈색산맥의 엘프들과 동맹을 맺는 것이죠."

―그거 좋은 생각이군!

오딘은 크게 찬성했다.

―전쟁 준비가 한창이라 엘프 노예를 구매하는 것이 쉽지는 않지만 갈색산맥의 엘프들과 우호관계를 구축할 수 있다면 충분히 해볼 만한 가치가 있소.

"그럼 대가는 그걸로 해주세요."

―그게 대가가 되겠소? 그 얘긴 나에게도 이득인데.

"좋은 게 좋은 거죠. 그렇게 해서 엘프들에게 도움이 된다면 그게 제 공로로 적용되는 거니까요."

―알겠소. 그렇게 하지. 당신이 나와 엘프들 사이에 다리를 놔주시오.

"좋습니다."

―딸아이가 도착하기 전에 연락하겠소.

그렇게 통화가 끝났다.

침실로 돌아가니 민정이 옷을 벗고 나에게 손짓했다.

아까 거절당해서 내가 삐쳐서 나간 거라고 생각했나?

하얀 나신을 보니까 잡념이 싹 사라진다.

좋은 게 좋은 거지.

난 거절당해서 삐쳐 있던 척을 하기로 했다.


\*　　　\*　　　\*

빈방 하나를 민정의 제안대로 손님방으로 꾸미기로 했다.

작은 침대와 화장대 등을 놓고서 누가 와도 며칠 머물다 가기에 충분한 환경을 만들어놓았다.

오딘 씨의 딸이 오면 여기서 재워야겠다.

생각난 김에 테라스도 꾸미기로 했다.

나는 훈련을 위하여 샌드백과 목인장을 구매해 테라스에 설치했다.

목인장은 영춘권이나 홍가권 등 중국 남파 무술에서 쓰이는 수련 도구의 일종이었다. 중국 무술 영화에서 흔히 등장하는 건데, 나무로 사람 팔 · 다리 · 몸통을 형상화한 그것이다.

연습이 될지는 모르겠으나 그냥 혹해서 질러 버렸다. 돈이 많으니까 지름신이 수시로 강림하신다.

그냥 혹해서 산 목인장인데 생각보다 마음에 들었다.

무술에 대해 문외한인 나는 이걸로 뭘 어떻게 연습해야 할지 몰랐으나, 유튜브의 무술가 동영상을 보며 조금씩 따라 하기 시작했다.

운동신경 중급 1레벨.

나는 금방 유튜브 영상의 동작들을 따라할 수 있게 되었다. 금방 요령을 터득하니 서서히 내 실전에 걸맞은 연습을 시작했다.

쌍권총을 양손에 쥐고서 목인장을 연습했다.

사람의 팔에 해당하는 '장수(椿手)'들 사이를 파고들며 권총을 몸통에 겨누는 연습이었다.

파파팟!

내 팔이 점점 빨라졌다.

체력보정 중급 5레벨인 내 몸은 강철과도 같아서 손목을 비튼 채로 권총을 겨누고 발사해도 반발력에 다칠 염려가 없었다.

때문에 나는 자유롭게 목인장을 상대로 쌍권총 근접전을 개발할 수 있었다.

'이게 실전에 효과가 있을지는 모르겠지만.'

일단은 그냥 심심풀이인 셈 치기로 했다. 뿐만 아니라 샌드백을 상대로는 발차기를 연습했다.

퍼퍼퍽!

힘껏 뛰어올라 3단 차기.

공중에서 몸을 비틀며 발차기를 했고, 한 손으로 땅을 짚은 채 착지하며 다시 2연속으로 샌드백을 걷어찼다.

이렇게 난이도 높은 동작을 굳이 연습하는 이유는 절벽에 매달려서 언데드들과 싸울 때 발차기를 많이 썼기 때문이었다.

몸의 무게중심을 제대로 유지할 수 없는 상황에서의 발차기를 연습하는 것이다.

"오빠, 식사하세요!"

안에서 민정의 목소리가 들렸다.

그제야 운동을 마치고 부엌으로 간 나는 식탁에 차려진 진수성찬을 보며 감동했다.

"이걸 다 한 거야?"

"헤헤, 특별한 날이잖아요. 어제 양념에 재어놓은 거예요."

소 갈비찜이었다.

나는 민정의 뺨에 입을 맞추고 폭풍처럼 식사를 했다. 그런 나를 흐뭇하게 바라보는 민정의 모습은 마치 아내와도 같았다.

이러니까 우리 정말 신혼부부 같네.

별 생각 없이 그냥 유혹에 혹해서 시작한 연애였는데, 사귀면 사귈수록 민정은 괜찮은 여자였다.

'시험을 전부 클리어한다면 결혼도 나쁘지 않지.'

나중에는 우리의 감정이 어떻게 달라질지 모르지만 나는 깊이 생각하지 않았다.

지금은 시험에서 언제 죽을지 모르기 때문에 머나먼 일을 기약할 수 없다. 그러니 신경 쓰지도 않는다. 그뿐이었다.

"아참, 민정아."

"네, 오빠."

"조만간 외국에서 손님이 올 거야."

"외국?"

"응, 아는 사람의 딸인데 연말 동안 내가 맡아 돌봐주기로 했어. 괜찮지?"

"아는 사람 딸…… 몇 살인데요?"

"글쎄? 상당히 어리겠지?"

"휴우."

안도의 한숨을 내쉬는 민정. 하하.

"그럼 괜찮아요. 만 15세 이상만 아니면 돼요."

"만 15세 이상이라니, 내 수비 범위를 너무 광범위하게 잡는 거 아니니?"

내 불만에 민정이 깔깔 웃었다.

그러고부터 며칠 후, 오딘으로부터 연락이 왔다.

―한국 시각으로 내일 오전 8시 40분에 이사벨라가 도착할 거요.

"이사벨라요?"

―벨라라 부르면 되오. 가장 예쁜 금발의 아이가 보이면 그게 벨라요.

뭐냐, 갑자기 이 팔불출모드는.

저런 소리를 진지하게 하니 황당해진다.

다음 날 아침에 나는 오딘의 말대로 인천공항으로 향했다. 민정도 굳이 따라가겠다며 옆자리에 탑승했다.

"제 눈으로 직접 보기 전에는 경계 대상이 아닌지 믿을 수 없어요."

"……이 세상 모든 여자가 다 내 안주머니에 쪽지를 넣는 건 아니란다."

"흥! 그 여자랑 연락하는 건 아니죠?"

"아니라고."

"그럼 스마트폰 보여줘요."

"맘대로 보렴."

나는 잠금장치를 풀어서 민정에게 스마트폰을 건네주었다.

통화기록을 슥슥 훑어보던 민정은 갑자기 뭔가를 터치해서 조작하기 시작했다.

"뭐해?"

"아무것도 아니에요."

"이상한 짓 하는 건 아니지?"

"아니에요."

그때 내 스마트폰에 진동이 왔다.

"어? 전화 왔나 봐요."

"이리 줘봐."

수신자의 이름은······.


[귀요미 아내♡]


"······."

"히히, 전화 안 받아요?"

열심히 만지작거리던 게 이거였냐.

나는 전화를 받았다.

"여보세요."

"여보세요."

"응, 내 아내 되시는 분 맞으신가요?"

"히히, 맞아요."

"현지랑 클럽 쏘다니시던 그분 맞나요?"

"아이 참, 끊은 지 오래 됐어요. 이제 재미없어요."

"과연 그럴까요? 어느 순간 클럽에서 광질을 하던 당신의 본성이 깨어나진 않을까요?"

"안 돼요. 남편한테 스토커 기질이 있거든요."

"저런, 많이 피곤하시겠어요."

"누가 아니래요. 밤마다 얼마나 괴롭히는지 요즘 허리가 저려요."

"……."

"게다가 갑자기 솜씨가 너무 좋아진 거예요. 수상하지 않아요? 어떤 년이랑 연습한 걸까요?"

운동신경의 레벨이 올라서 그렇단다. 그게 그쪽 방면에도 효과를 발휘할 줄을 누가 알았겠니.

"그건…… 당신 남편이 천재라 그래요."

결국 민정이 빵 터져서 배를 잡고 자지러졌다.

# 2장

벨라

　"가자, 귀요미."

　"네, 천재 씨."

　포르쉐 카이엔을 주차장에 세워놓고 우리는 인천공항 입국장으로 들어갔다.

　입국장에는 사람들이 재회하여 서로 끌어안거나 하는 풍경이 심심찮게 연출됐다.

　"오빠, 근데 피켓이라도 들고 있어야 하는 거 아니에요?"

　"글쎄."

　"어떻게 알아봐요?"

　"가장 예쁜 금발의 여자애가 자기 딸이라던데."

　"……그거 믿을 만한 정보예요?"

　"아무튼 시간 됐으니까 한번 보자."

오딘이 잘생긴 금발의 미남자인 건 사실이다. 그를 닮았다면 정말로 예쁠 수 있다.

9시쯤 되었을까.

게이트에서 다시 사람들이 쏟아져 나오기 시작했다. 그리고 한 일행이 금방 눈에 들어왔다.

자그마한 금발의 소녀와 검은 정장의 중년의 외국인 여인이었다.

"어머! 정말 예쁘다!"

민정이 감탄을 했다. 나 역시 감탄하긴 마찬가지였다.

정말로 귀여웠다!

금발에 곱고 하얀 피부, 땡글땡글한 푸른 눈.

오딘의 말마따나 눈에 확 띄게 예쁜 아이였다. 장래가 두려울 정도다.

넉살도 좋은 민정이 마구 손을 흔들어 보였다. 중년 여인도 우릴 발견했는지 이쪽으로 다가왔다.

"킴?"

"예스."

외국어로 뭐라고 솨라솨라 할까 봐 무서웠는데 다행이다.

그녀는 커다란 트렁크 백을 나에게 건네주었다.

나는 작은 소녀를 바라보았다.

"벨라?"

벨라는 배시시 웃으며 고개를 끄덕였다.

"어머머."

치명적인 웃음에 민정이 다시 한 번 심장을 직격당했다.

나는 벨라에게 나를 가리키며 소개했다.

"현호 킴."

"히노."

"현호."

"히노."

"현, 호!"

"히, 노!"

"그만 좀 하세요!"

민정이 내 등을 찰싹 후려쳤다. 외국인 중년 여성이 그걸 보며 웃는다.

"안녕? 난 유민정이야. 민정."

"민정."

"왜 또 그렇게 정확해!"

내가 울컥하자 민정은 또다시 내 등짝을 때렸다. 벨라는 우리에게 치마를 살짝 들며 인사를 했다.

"어머, 어머!"

민정의 눈이 하트처럼 변한 것 같았다.

벨라는 어느새 민정의 품에 안기게 되었다. 난 벨라의 짐이 담긴 트렁크 백이나 끄는 신세였다.

중년 여성은 벨라와 키스를 하며 작별하더니 어디론가 떠나 버렸고, 우리는 벨라를 데리고 주차장으로 향했다.

민정은 벨라와 함께 뒷자리에 탔고 나는 외롭게 운전을 했다. 한순간에 신혼부부에서 아이에게 밀려 뒷전이 된 남편이 되고 말았다.

듣기로 벨라는 올해로 만 아홉 살이라고 들었다.

굉장히 밝고 낮을 가리지 않는 아이라서 민정과 쉽게 친해질 수 있었다.

뭐, 민정도 워낙 낯짝이 두꺼우니까. 벌써부터 엄마와 딸 같다.

부천의 오피스텔에 도착해서 엘리베이터를 타고 최상층으로 오르는데, 문득 벨라가 휘청거리며 넘어질 뻔한 걸 민정이 붙잡아 주었다.

"어머, 괜찮니?"

말은 몰라도 대충 뜻은 알아들었는지 벨라는 고개를 끄덕인다.

나는 안색이 굳었다.

걷다가 그런 것도 아니고, 가만히 서 있는데 갑자기 넘어질 뻔한 건 이상했다. 어쩌면 저게 오딘이 말한 벨라의 병일 듯했다.

손님방으로 꾸민 방으로 벨라를 안내했다.

"우리 같이 짐 정리하자."

민정은 트렁크 백에서 벨라의 짐을 풀어서 옷장에 정리하기 시작했다.

옷을 옷걸이에 걸어 놓고 속옷과 양말은 서랍에 넣는다.

덴마크어로 된 그림책 몇 개는 화장대 위에 놓았다.

그런데 의외의 물건이 트렁크 백에서 등장했다.

"바이올린?"

민정이 놀라 묻자 벨라는 배시시 웃으며 고개를 끄덕였다.

확실히 어린이용으로 된 작은 것이었다.

"한번 켜봐, 켜봐. 응?"

민정이 바이올린을 내밀며 졸랐지만 벨라는 어정쩡하게 웃으며 고개를 도리도리 저었다.

내가 민정을 말렸다.

"아까 넘어질 뻔한 것도 그렇고 오늘은 좀 피곤한가 봐."

"아, 그렇구나. 언니가 미안."

민정은 벨라의 뺨에 쪽 하고 키스를 했다. 둘이 사이좋게 짐 정리를 끝내고 놀고 있을 때, 오딘에게서 전화가 왔다.

나는 테라스로 나와서 전화를 받았다.

"여보세요."

—벨라는 도착했소?

"예, 말씀대로 예쁜 아이네요."

—난 거짓말을 하지 않소.

"……."

—아무튼 벨라의 상태는 어떻소?

"넘어질 뻔했던 걸 잡아주었습니다."

—……그랬소?

"벨라는 무슨 병을 앓고 있죠?"

—루게릭병이오.

"네?"

무서운 병명이 나오자 나는 깜짝 놀랐다.

잘은 모르지만 근육이 점점 말을 안 듣게 되다가 끝내 숨도 쉴 수 없게 되면서 죽는 무서운 병으로 알고 있다.

이 병에 걸린 가장 유명한 인물로는 스티븐 호킹 박사가 있고 말이다.

"그게 유전되는 병이던가요?"

─이 병 환자 중 5%에서 10%는 가족성 근육위축 가쪽경화증이고, 그중 20%의 가족이 21번 염색체에서 원인 유전자의 돌연변이가 확인되고 있다더군.

"⋯⋯."

그의 입에서 술술 나오는 의학지식.

오딘이 얼마나 마음고생이 심한지 잘 알려주는 모습이었다.

─이전까지는 증상이 별로 나타나지 않았는데, 얼마 전에는 벨라가 울었소. 왜 우냐고 묻더니, 손가락이 잘 안 움직여서 바이올린을 못 켜겠다고⋯⋯.

그의 목소리가 너무 괴롭게 들려서 내가 재빨리 말을 끊었다.

"제가 고쳐 보죠. 염려 마세요."

─고맙소.

통화를 끊고 나는 벨라와 민정이 있는 방으로 돌아갔다.

"민정아, 밥 먹을 때 되지 않았어?"

"아직 10시밖에 안 됐어요."

"그래? 근데 왜 이렇게 출출하지."

"우리 벨라도 배고프니?"

민정은 배를 만지작거리는 시늉을 하더니 다시 뭔가를 먹는 시늉을 했다.

벨라는 특유의 귀여운 미소를 지으며 고개를 끄덕였다.

"오케이, 잠깐만 기다리렴."

민정은 휘파람을 불며 부엌으로 사라졌다.

이 틈이다.

나는 생명의 불꽃을 만들어 보였다.

내 손바닥에 나타난 불덩어리에 벨라의 두 눈이 동그랗게 변했다. 놀란 모습도 어쩜 저렇게 귀여울까.

나는 불덩어리는 벨라의 몸에 밀어 넣었다.

처음에는 깜짝 놀란 벨라였지만, 불덩어리가 몸 안에 스며들자 이윽고 놀란 얼굴이 묘하게 변했다.

"기분 좋지?"

나는 미소를 지어 보였다. 벨라도 굉장히 신기해하며 따라 웃었다.

나는 바이올린을 다시 벨라에게 내밀었다. 망설이는 벨라에게 손짓으로 권유했다.

벨라는 케이스에서 바이올린을 꺼내 들었다.

잠시 긴장한 표정이 스쳤다.

이윽고 시작되는 연주.

단조롭지만 아름다운, 어디선가 들어온 적이 있는 선율이었다.

눈이 마주치자 벨라는 배시시 웃어 보인다.

나 역시 따라 웃었다.

오딘의 보물과도 같은 딸, 이사벨라는 정말 귀엽고 사랑스러운 아이였다.

후다닥 달려온 민정이 벨라의 연주를 함께 들었다.

"너무 잘한다, 우리 벨라."

연주를 끝마친 벨라를 민정이 끌어안고 부비부비 뺨을 맞댄다. 벨라는 꺄르르 웃었다.

생명의 불꽃이 투여된 벨라는 아까와 달리 아주 팔팔했다. 장시간 비행기를 타고 온 피로까지 전부 날아가 버린 것이다.

민정은 한참을 부엌에서 뭔가를 열심히 했다.

"도와줄까?"

"다 됐어요."

그녀가 만든 것은 매작과라는 한과였다.

밀가루에 계피, 생강, 설탕, 꿀 등을 넣고 반죽한 뒤에 예쁜 모양으로 꼬아서 기름에 튀기는 과자였다.

"이, 이런 것도 만들 줄 알아?"

"얼마 전에 배웠어요. 손 되게 많이 가요. 오늘 호강한 줄 알아요."

"우와, 우리 귀요미 아내 덕에 호강한다."

"히히히."

뒤에서 살며시 안아주니 민정은 무척 좋아했다.

때마침 그때 벨라의 바이올린 소리가 다시 들려왔다. 손이 원래대로 돌아와서 신 난 건지 열심히 연주하는 벨라였다.

이게 웬 절묘한 BGM이냐. 아름다운 선율 덕에 묘한 분위기가 흘렀다.

민정의 심장 소리가 내 귀에까지 들리는 듯했다.

뭔가 로맨틱한 말을 하지 않으면 안 되는 분위기. 이게 뭐지? 왜 갑자기 이렇게 된 거야?

뜬금없이 부담에 빠진 나는 끙끙 앓으며 궁리했다.

마지못해 난 말했다.

"오늘 밤에 보답해야겠다."

퍽!

"큭!"

민정이 힘껏 내 발등을 밟았다.

"뭐예요, 그게! 그리고 내가 허리 저리다고 했어요, 안 했어요?"

"해, 했지. 그건 그냥 하는 소리인 줄 알고……."

"진짜 요즘은 밤이 무섭다고요! 이상하게 능숙해지고 체력도 괴물이고!"

로맨틱은 물 건너갔군.

……라고 생각했는데 그게 아니었다.

민정이 슥 허리를 내게 내밀며 말하는 것이었다.

"처음부터 다시 해봐요. 아직 연주 안 끝났네."

"그, 그래."

역시 보통 여자가 아니다. 누가 현지 친구 아니랄까 봐.

다시 뒤에서 허리를 끌어안고서 나는 귓가에 속삭였다.

"사랑해."

"……다시요."

"사랑해."

"제 이름도 붙여서요."

"민정아, 사랑해."

"다시요."

"사랑해, 유민정."

"다시……."

그녀의 얼굴을 흘깃 보았다. 눈가에 고인 눈물이 보였다. 나는 그녀의 고개를 살짝 당기고 키스를 했다.

"사랑해."

"사랑해요, 오빠."

벨라는 매작과를 굉장히 맛있게 먹었다. 바삭바삭하게 씹히고 달콤하게 남는 맛이 일품이었다.

먹는 내내 우리는 가끔씩 서로를 바라보았다. 계속 보는 바람에 수시로 눈이 마주쳤다. 그때마다 우린 그저 웃었다.

벨라 효과라고 해야 할까.

그날 이후로 우리의 관계는 이전과 달라졌다. 무엇이 달라졌냐고 말로 다 설명하기는 힘들다.

대범하고 뻔뻔하고 발랄했던 민정은 그날 이후로 왠지 처녀처럼 부끄러움이 많아졌다.

나를 의식하고 수줍어했고, 내가 보는 앞에서 옷을 갈아입는 것도 부끄러움 탓에 주저했다.

내 팔을 베고 누워 있다가도, 잠시 후에는 내 팔이 아플까 봐 슬며시 떨어져서 이불을 목까지 덮어주었다.

눈 마주치는 걸 좋아했었는데, 이제는 내가 보지 않을 때 날 바라보는 걸 좋아하게 되었다.

뭔가가 크게 달라졌다.

그게 좋은 건지 나쁜 건지 알 수 없었다.

\*     \*     \*

매일 2개씩 생명의 불꽃을 벨라에게 불어넣었다.

하늘까지 닿는 그 거대한 생명의 나무도 치유해 낸 생명의 불꽃이었다.

벨라는 아주 팔팔했다.

루게릭병 초기 증상이 나타난 아이라고는 믿을 수 없게 장난꾸러기였다. 또래 중에서 가장 활발할 것 같았다.

'저게 원래 성격이지.'

잘 웃는 밝은 성격에 낯도 안 가리고 남과 쉽게 친해진다.

벨라는 원래 누구보다도 활발한 아이였던 게 분명하다.

하루는 벨라가 나에게 바이올린을 내밀었다.

"한번 켜보라고?"

말은 통하지 않지만 내 물음에 벨라가 고개를 끄덕이며 바이올린 켜는 시늉을 했다.

"좋아, 한번 배워볼까?"

나는 바이올린을 어깨에 대고 활로 선을 그으며 소리를 냈다. 이렇게 하는 건가?

끼이익.

벨라가 푸히히 웃었다.

좋아, 이번엔 실패 안 한다.

다시 소리를 내보았다.

끼익!

벨라는 두 손으로 귀를 막는 시늉을 했다. 나는 몇 차례나 시도한 끝에 소리를 낼 수 있었다.

지이이잉—

벨라는 놀란 얼굴이 되었다.

나 역시 놀랐다.

'난 운동신경이 중급 1레벨이나 되는데.'

목인장 수련법도 쉽게 보고 따라했던 나였다.

그런데 바이올린은 올바른 소리를 내는 것조차 쉽지가 않았다. 정말 더럽게 다루기 어려운 악기다.

쉽지 않다는 것은…….

'수련이 된다는 뜻이잖아?'

나는 멍하니 벨라의 어린이용 바이올린을 바라보았다.

운동신경 스킬 레벨을 올릴 수 있는 새로운 수련법을 찾았다!

*　　　*　　　*

인터넷으로 바이올린을 알아보았다.

일단 느낀 건 더럽게 비싸다는 것?

바이올린 본체는 정말 미친 듯이 비싸고, 활도 비싸고, 그걸 넣는 케이스도 비싸다.

인터넷 쇼핑몰에서 비싼 순서로 정렬해 놓고, 중간지점을 봤는데 뭔 1천만 원인지.

이탈리아제의 19세기 제품이니 어쩌니 하고 설명이 되어 있었다.

이제 막 배우려는 내가 이런 걸 가져봤자 돼지 목에 진주 목걸인데…….

'오케이, 주문.'

뭐 어때, 나 돈 썩어나는데.

생초짜 주제에 나는 그 1천만 원대의 바이올린을 주문해 버렸다.

능숙해지면 가장 비싼 걸 사야지.

아예 판매자에게 전화해서 퀵서비스로 보내달라고 요청까지 했다.

"예, 지금 당장 보내드리겠습니다."

선뜻 고가의 물건을 구매한 고객이었으므로 판매자는 매우 협조적이었다.

"제품만 멀쩡하면 받는 즉시 구매확정 누를게요."

"어휴, 그럼 감사하죠. 품질은 걱정 마시고요. 그런 고가 제품에 하자 있으면 큰일 납니다."

그럼 바이올린은 됐고, 이제 다시 웹서핑.

부천 지역의 바이올린 교습 선생을 찾아보았다. 일감을 찾는 전공자가 워낙 많아 어렵지 않았다.

—여보세요?

여자 목소리였다. 명문 음대생이라는 소개 글은 봤는데 딱 그 정도 나이의 목소리였다.

"바이올린 교습하시죠? 블로그에 올리신 글 보고 전화드렸어요."

—아, 네!

"저는 완전 초보고요, 외국에서 온 어린애 하나 있는데 걘 좀 잘해요."

—아, 어린아이는 한국말 하나요?

"전혀요. 제 이름도 못 불러요."

여자가 나직이 웃었다.

—아무튼 알겠습니다. 일단 직접 뵙고서 수준을 본 뒤에 결정할게요.

"네."

—그럼 언제 찾아뵈면 될까요?

"오늘 바로요."

—예? 아, 예. 오늘 몇 시가 괜찮으세요?

"저녁 8시 괜찮으세요?"

—네.

음, 그야말로 일사천리다. 돈이 있으니 이렇게 편하군.

몇 시간 후에 퀵서비스가 도착해서 바이올린을 주고 갔다.

"벨라야."

방에서 바이올린을 신 나게 연습하던 벨라가 쪼르르 달려왔다.

"이거 봐봐."

벨라는 눈을 빛내며 내 바이올린을 만지작거렸다. 들어서 턱에 대려고 했으나 너무 커서 자세가 잘 안 잡혔다.

하하, 저런 모습도 너무 귀엽다.

하지만 용케 붙들고서 활로 바이올린을 켰다.

"어때?"

나는 엄지를 치켜 올리며 물었다. 벨라는 고개를 끄덕이며 똑같이 엄지를 들었다.

음, 괜찮나 보다.

같이 악기를 만지작거리며 노는 사이에 민정이 저녁을 해주었다.

오늘도 진수성찬이라 나는 민정에게 말했다.

"힘들겠다. 앞으론 간단히 차려줘."

"곧 한식조리기능사 실기 시험이라 연습하는 거예요. 자격증 따면 간단하게 할게요."

"딸 수 있을 거야. 이렇게 솜씨가 좋은데."

"헤헤."

내 칭찬에 민정은 수줍어하며 좋아했다. 얘, 얘가 왜 이러지. 평소처럼 우쭐하지 않고.

밥을 먹고 TV를 보다가 저녁 8시가 되자 연락했던 교습선생이 왔다.

"아, 안녕하세요."

"어서 오세요."

민정이 교습선생을 맞았다.

민정은 가늘게 뜬 눈으로 날 흘깃 노려본다. 또 나왔구나, 저 블로킹 본능.

근데 교습선생이 눈에 띠는 미인이라 그럴 만도 했다.

머리 자르기 전의 민정과 비슷한 긴 생머리에 또렷한 이목구비가 전체적으로 청순한 인상이었다.

"편히 쉬세요. 간식거리 내올게요, 여보."

민정의 말에 나는 흠칫하며 고개를 끄덕였다.

"어, 어, 그래, 여보."

"아내분이 미인이세요."

"그렇죠?"

"되게 젊으시다."

"예, 워낙 동안이라서."

사실은 실제로도 젊다. 아직 20대 초반밖에 안 됐으니까.

아마 민정은 부엌에서 귀를 쫑긋 세우고 이 대화를 듣고 있겠지.

나는 벨라도 소개시켜 준 후에 교습을 시작했다.

"악보부터 볼 줄 아셔야겠네요."

"네."

"그리고 벨라는 스즈키 2권쯤 되는 수준이네요."

"스즈키가 뭐예요?"

설명을 들으니 가장 유명한 10권짜리 바이올린 교본이란다. 3권까지는 쉽고 그 뒤부터 무진장 어려워진다나?

워낙 대중적인 교재라 아마추어 사이에서 실력을 나타내는 척도로도 쓰인다고 한다.

나는 악보 보는 법을 배웠다. 옆에서 같이 듣던 벨라가 선생이 하는 말을 앵무새처럼 따라했다. 졸지에 한국말 수업이 병행되었다.

열심히 필기해 가며 배우는 도중에 민정이 간식을 가져다주면서 살쾡이 같은 눈빛으로 선생과 날 슥 보기도 했다.

그렇게 2시간의 수업이 끝났다.

"수업은 일주일에 몇 번이나 하면 될까요?"

선생이 물었다.

"매일 되나요?"

"매, 매일이요?"

"네, 돈은 넉넉하게 드리겠습니다."

선생은 승낙했다.

*　　　*　　　*

일단 악보 보는 법을 배우니 본격적으로 재미있는 바이올린 수업이 시작됐다.

바이올린은 더럽게 어려운 악기였다. 제대로 소리를 내는 것 조차도 쉽지가 않았다. 그런데도 선생은 놀라워했다.

"어떻게 그렇게 빨리 배우시죠?"

"빠른 건가요?"

일주일째 배우는데도 제대로 된 소리를 내는 게 벅찬 나로서는 의아스러웠다.

"정말 빠르신 거예요. 직장인분들이 취미로 도전하시다가 포기하는 이유가 제대로 된 소리를 내기까지 시간이 오래 걸려서죠."

그런 건가? 정말 빌어먹을 악기로군.

새삼 바이올린 연주자들이 얼마나 대단한 건지 알 수 있었다.

"벨라가 대단한 거네."

옆에서 능숙하게 연주를 하는 벨라를 보며 내가 중얼거렸다. 벨라가 눈을 동그랗게 뜨자 나는 엄지를 치켜세웠다. 너 짱이라고.

벨라는 활짝 웃었다.

"어휴, 귀여워라."

"그러게요."

선생도 덩달아 넋을 잃는다.

생명의 불꽃을 매일 2개씩 투여되면서 팔팔해진 벨라는 바이올린 실력이 일취월장했다. 초보자인 내가 봐도 일취월장하는 것이 느껴질 정도였다.

병 때문에 억압받던 재능이 마침내 만개한 게 아닌가 싶었다.

벨라는 자기 손가락이 마음대로 움직인다는 기쁨에 바이올린을 신 나게 연주하고 있었다.

그렇게 2주가 흘렀다.

지난 2주간 바이올린에만 매달렸다. 실프에게 소음차단을 시키고 테라스에서 미친 듯이 바이올린을 켰다.

'누가 보면 이게 웬 미친 짓인가 싶겠구나.'

실제로 민정이 가끔 그런 눈으로 날 보고 있다.

근데 이건 훈련이었다. 웬만한 무술을 익히는 것보다 운동신경 스킬 레벨을 올리는 게 이득이었다.

운동신경.

몸을 움직이는 요령.

어쩌면 가장 근본적인 무술인지도 몰랐다. 바이올린은 그 스킬 레벨을 올릴 수 있는 가장 **빠른** 훈련수단이었다.

'분명히 통한다.'

운동신경 중급 1레벨이 적용되어 일반인보다 훨씬 빠르게 바이올린 실력이 늘고 있는 나였다.

그러니 바이올린을 열심히 연마하면 운동신경의 레벨이 오르는 게 당연했다.

격렬한 운동은 엘프 마을에서 많이 했지만, 손가락 하나하나를 타이밍 맞게 섬세하게 움직여야 하는 운동은 처음이라 상당히 강도 높은 훈련이 되었다.

"오, 오빠, 일은 안 해요?"

"응, 일 안 해도 돼."

"바이올리니스트가 되려고요?"

"아니, 취미야."

"무슨 취미를 귀신에 홀린 것처럼 하세요?"

"재미있어서."

종일 바이올린만 붙잡는 백수 같은 날 걱정하는 민정이었다. 하지만 성과가 있었다.

2주 후, 난 스즈키 1권의 마지막 곡 가보트를 연주해 낸 것이다.

"세상에……."

선생은 믿기 힘들다는 눈치였다. 벨라도 놀라움 가득한 얼굴로 박수를 쳤다.

"제가 빨리 배우는 편인가요?"

"너무 빨라요! 현호 씨는 천재예요, 천재! 왜 진즉에 음악을 하지 않으신 거죠?"

"그, 글쎄요."

선생의 격렬한 반응에 내가 다 쑥스러웠다.

나는 곧바로 스즈키 2권의 첫 곡 '개선의 합창'으로 넘어갔다.

미칠 듯한 학습 스피드였다.

＊　　　＊　　　＊

"흐아아앙!"

벨라가 울음을 터뜨렸다. 털썩 주저앉아 두 다리를 마구 차며 울었다.

오딘은 쓴웃음을 지었다.

오늘은 12월 31일.

벨라가 덴마크로 돌아가는 날이었다.

아버지인 오딘이 직접 마중 나왔고, 벨라는 가기 싫다고 울었다. 그동안 우리와 많이 정이 든 것이었다.

민정이 벨라를 달래는 사이, 오딘은 나와 함께 테라스로 나와 단둘이 대화를 나눴다.

아레나의 언어로 대화하는 걸 누가 들으면 안 되기 때문이었다.

"벨라가 저렇게 펑펑 우는 건 오랜만에 보오."

"많이 정 들었거든요. 저도 섭섭한걸요."

"기쁘오."

"예?"

"울며 때 쓰고 버둥거리는 걸 봐도 벨라의 건강 상태를 알 수 있소. 한눈에 정말 많이 좋아졌다는 걸 알겠소."

"하하하……."

"정말 고맙소."

오딘은 내 손을 꽉 붙잡았다.

"많이 좋아졌다고 생각되지만 병까지 치유됐을지는 모르겠네요."

"경과를 지켜보고 필요하면 다시 신세를 지도록 하겠소."

"그러세요."

"그럼 다음에는 아레나에서 뵙겠구려."

"예."

오딘과 벨라가 떠나는 것을 인천공항까지 배웅했다.

벨라는 떠나기 전에 민정의 품에 안겨서 엉엉 울었다. 귀여운 소녀가 서럽게 우니 우리도 자연히 눈시울이 붉어졌다.

집으로 돌아가면서 민정이 말했다.

"벨라 예쁘죠?"

"그러게."

"힝, 저도 그런 딸 갖고 싶어요."

"……하나 줄까?"

내 개드립에 민정이 깔깔 웃음을 터뜨렸다.

다행히 그 얘긴 거기서 끝났다.

어쩐지 점점 민정이 결혼을 원하는 것 같은 낌새라 나는 불안했다.

지금 난 그런 것에 신경 쓸 여력이 없다.

언제 죽을지 모르는데 남겨질 가족을 만들고 싶지 않았다.

*     *     *

함께 새해를 맞이하고 1월 중순에 이르렀을 때, 민정은 가산 디지털단지에 있다는 친척 오빠의 회사에 출근하게 되었다.

함께 한가롭게 붙어 있으며 놀던 나날은 끝난 것이다.

"에휴, 좋은 날은 다 갔네요."

"먹고살려면 일해야지."

"치, 오빠가 저 책임지면 되잖아요."

"어허, 자기 인생은 자기가 책임지는 거야."

"치이."

민정은 약간 섭섭하다는 표정으로 출근했다.

이것아, 농담이라도 내가 먹여 살리겠다고 하면 또 결혼 무드가 되잖아. 그건 안 되지.

혼자가 되자 수련이 더 용이해졌다. 나는 민정 눈치 때문에 하지 못했던 스킬 훈련을 시작했다.

"순간이동."

파앗!

순간 몸이 붕 뜬 느낌이 들더니, 순식간에 나는 목인장 앞에 서게 되었다.

"무장 닐슨 H2, 바람의 가호."

양손에 쌍권총이 나타나고 바람의 가호가 발동되었다.

나는 사뿐히 스텝을 밟아 좌우로 빠르게 움직이며 목인장을 쳤다.

장수(椿手)들 사이로 손을 비틀어 넣어 권총으로 몸통을 겨누는 행위를 기계적으로 반복했다.

바람을 이용한 점프력으로 순식간에 거리를 벌렸다가 다시 도약해 거리를 좁히며 다시 겨눈다.

순식간에 반대편으로 날아 샌드백을 걷어차면서 동시에 쌍권총은 목인장을 겨눈다.

적당히 땀을 흘리며 수련을 끝낸 뒤엔 바이올린을 켰다. 실프로 소리를 차단해 놓고 지금껏 배웠던 곡들을 반복해서 연주했다.

바이올린은 요령이 쉬운 악기가 아니라서 조금이라도 연습을 소홀히 하면 곧바로 티가 난다고 한다.

이왕 켠 김에 다음에 배울 곡까지 예습했다.

그런데 바로 그때였다.

―운동신경(합성스킬): 몸을 움직이는 요령이 향상됩니다.

＊중급 ㄹ레벨: 몸을 쓰는 모든 일에 천재적인 오성을 발휘합니다.

"아자!"

나는 바일올린과 활을 치켜들고 소리를 질렀다.

역시나 운동신경의 레벨이 올랐다.

중급 1레벨로 상당히 높아진 스킬을 근 1개월 만에 올렸으니 대단한 성과였다.

엘프들과 술래잡기를 하고 절벽에 매달려 좀비들과 싸워도 초급 5레벨에서 중급 1레벨로 올리기까지 오랜 시간이 걸렸는 데 말이다.

'해보지 않은 생소한 훈련이 더 도움이 되는 모양이야.'

바이올린에 익숙해지면 다른 악기도 해볼까 하는 생각이 들었다.

# 3장

다시 아레나로

휴식 기간 60일은 평탄하게 흘렀다.

민정과 동거 생활은 큰 문제 없이 흘렀다.

민정은 직장 생활로 바쁜 와중에도 꼭꼭 맛있는 요리를 해주었고, 피곤한 날은 외식을 했다.

나 역시 집에 있으면서 실프를 시켜서 깔끔하게 청소를 해두었기 때문에 서로에게 불만 같은 게 생기지 않았다.

아예 실프에게 집안의 모든 물건의 원위치를 기억해 두게 해놓았다. 그러자 정리정돈도 무진장 편했다. 잔뜩 어질러 놓아도 실프가 한번 힘 발휘하면 말끔히 정리된다.

우리 가족들 역시 여전히 잘 지냈다. 대형 로펌에 다니는 누나는 말할 필요도 없었고, 엄마 역시 여전히 닭강정을 잘 판다.

요즘은 엄마가 은퇴도 고려하고 있어서 현지 후계자 만들기에 박차를 가하고 있는 상황.

돈이 많아져도 도통 가족을 위해 쓸 일이 없었다. 집이 가난하거나 했으면 팍팍 써서 집안을 구제한 효자가 되었을 텐데 말이다.

다만 딱 하나 우리 집안의 골칫거리는 바로 현지였다.

—아들, 아들이 현지 좀 말려봐.

"현지가 왜?"

—걔가 독립하고 싶다잖아.

"독립?"

—회사가 서울에 많으니까 서울로 올라간 대나 어쨌다나.

아주 일리 없는 핑계는 아니었다.

"졸업하고 본격적으로 백수 생활이 시작되니까 눈치 보이는 거겠지."

—그럼 지가 백수인데 여왕 대접해 줘?

"그래서 엄마는 뭐라고 했는데?"

—니 돈으로 독립하라고 했지. 현주도 안 도와주겠다고 못 박고.

보나마나 현지는 울면서 아등바등 떼깡을 부렸겠지. 냉혹한 모녀는 눈 하나 깜짝 안 했겠고.

"현지한테 너무 냉정한 거 아냐? 그래도 취직은 할 생각이 있나 본데."

—마음만 있지. 아들도 잘 알잖아. 원래 공부 못 하는 애들이 공부할 생각은 있어. 실천을 안 해서 그렇지.

잘 알죠.

밥을 안 굶어봐서 그렇다고 번데기 자식이 그러던데요.

―아무튼 현지가 아들한테 매달릴 수 있으니까 주의해.

"알았어."

그 전화를 끊기가 무섭게 문자가 한 통 날아왔다.

현지였다.

[현지: 오빠 집이야?]

[나: ㅇㅇ]

[현지: ㅇㅋ]

'뭐가 오케이라는 거냐.'

나는 일말의 불길함을 느꼈다. 이윽고 현지에게서 전화가 왔는데, 영상통화였다.

"여보세요?"

―오빠~!

"뭐냐, 그 부탁할 때나 쓰는 징그러운 말투는."

―히잉, 오빠!

민정과 비슷한 말투.

그래서 더 짜증이 난다.

"용건을 말해."

―오빠, 지금 폰으로 한 바퀴 빙 돌려봐.

"뭔 소리냐?"

―오빠 어떤 집에서 사나 보게.

이에 나는 흠칫했다.

영악한 년.

이래서 먼저 문자로 집이냐고 문자로 물어본 거였구나.

영상통화로 내가 어떤 집에서 사는지 확인하기 위해서였다.

내가 호화 펜트하우스에서 살고 있다는 사실은 민정밖에 모르는 비밀이었다.

—어서 보여줘. 히히, 오빠 돈 많으니까 비좁은 원룸에서 살지는 않을 거 아냐. 공무원 시험 준비할 때도 내내 지하 원룸에서 살아봐서 치를 떨 테고.

바보 주제에 왜 이런 쪽으로는 날카로울까. 정말 쓸데없는 통찰력이다.

—어서 보여줘.

"싫다."

—왜 싫어?

"부끄럽잖아."

난 애교 섞인 목소리로 답했다.

—개소리 하지 말고.

내 애교에 현지의 안색이 싸늘해졌다.

—오빠 민정이랑 동거하는 것도 내가 다 알거든?

"뭣이?"

—민정이가 다 실토했어.

……유민정!

현지는 히죽 웃었다.

—뭐하냐고 물을 때마다 장 보고 있다느니 하는 소릴 하잖아. 지 혼자 살면 그렇게 자주 장을 보겠어? 하는 행실이 아주 새색시던데, 내 눈은 못 속여.

"바보 주제에……"

―이씨, 바보라고 하지 마! 아무튼 민정이랑 같이 사는데 좁은 원룸이라고 말할 건 아니겠지? 전에 같이 유럽 가면서 느낀 건데, 아무래도 오빠는 내가 알고 있는 것보다 훨씬 돈이 많은 것 같거든?

현지의 엄청난 통찰력에 나는 치를 떨 수밖에 없었다.

"내 집은 보여줄 수 없다."

―흥, 그러서? 그럼 민정이 족치지 뭐.

"민정이 괴롭히지 마라! 입단속 잘 시켜 놓을 거니까."

―푸흐흐, 민정이한테 입단속?

현지는 재미있는 코미디를 감상했다는 듯이 웃었다.

―걔 안 그런 거 같아도 은근 잡혀 사는 체질인 거 알지? 살살 구슬리면 다 불게 돼 있어.

"크윽……."

―내가 어디까지 다 불게 했냐면 요즘은 허리가 저리다고…….

"그, 그만. 남매로서 대화에 선을 넘지 말자."

―걔가 정신을 못 차리겠다고 할 정도면 오빠 진짜 천재인 가봐?

"크아아악―!!"

―히히히!

현지의 사악한 웃음소리가 귀를 괴롭힌다.

대체 민정에게 어디까지 불게 만든 거냐! 내 여동생이지만 정말 위험한 년이었다.

"원하는 게 뭐야?"

그러자 의기양양했던 현지의 태도가 돌변했다.

—오빠! 진짜 나 좀 도와줘!

"독립?"

—웅! 나 서울에 올라가서 혼자 살고 싶어!

"네가 아무도 통제하는 사람 없이 혼자 살면 대체 어떻게 될지 상상만으로도 두렵다."

—히잉, 나 진짜 열심히 살 거란 말이야. 지금도 취업하려고 이력서 수십 통씩 넣고 있다고.

"그럼 하면 되잖아."

—돈 좀 줘.

"꺼지셈."

—아앙, 오빠!

"앙탈 부리지 마."

—좀 도와줘, 하나뿐인 여동생인데!

"하나도 이런데 둘이었으면 어쩔 뻔했냐."

—진짜! 좀 도와줘.

영상통화라서 더 괴롭다. 앙탈 떼깡 부리는 현지의 모습을 눈으로 봐야 하니까.

"엄마랑 누나도 반대했다며? 그런데 내가 도와줘 버리면 뭐가 되겠냐?"

—그 둘은 날 닭강정 볶게 만들려는 거 아냐!

"해, 닭강정. 네 주제에 억대 연봉자가 될 진로는 많지가 않아."

—다른 길을 전부 끊어놓고 그거밖에 할 수 없게 만들려는 건

너무하잖아? 나한테도 기회를 줘야지!

"그동안 기회가 없어서 그런 대학에서조차 학점이 2점대냐?"

―이제부터는 달라질 거야. 제발 나 한 번만 기회를 줘, 응?

아, 참 궤변은 잘 늘어놓는 현지였다. 묘하게 이치에 맞는 애기라 나는 꿀 먹은 벙어리가 되었다.

"생각해 보고 결정할게."

―……알았어.

통화를 끊고 나는 안도의 한숨을 쉬었다. 뭔가를 원하는 현지와 말을 섞는 건 정말 피곤한 일이었다.

그날 밤, 첫 출근을 했던 민정은 환영회까지 치르고서 늦게 돌아왔다.

오자마자 쪼르르 다가와 자진납세를 했다.

"오빠, 잘못했어요."

현지한테 들은 모양이다.

"잘못한 걸 알긴 아냐?"

"네."

불쌍한 표정을 짓고 있어서 차마 뭐라고 할 수가 없었다.

"넌 왜 그렇게 현지한테 약한 거야."

"약한 게 아니라요……."

민정의 이야기는 이랬다.

원래 그녀와 현지와 지현, 이렇게 셋은 어딜 가나 함께 붙어 다니는 삼총사인데 그녀들의 취미가 바로 서로의 비밀을 캐는 거라나?

숨기고 싶어 하는 비밀이 있다는 걸 알면 다른 두 친구가 반드시 실토하게 만든다는 것이었다.

"그래서 우리는 서로 비밀이 없어요. 그래서 더 친하고요."

"응, 그런 것 같더라. 현지가 나더러 천재래."

"꺄악! 잘못했어요! 지현어가 밤에는 어떠냐고 슬며시 떠보기 시작하더니…… 아앙!"

민정은 머리를 싸쥐고 괴로워했다.

그렇게 반성하는 시간이 끝나고 민정이 문득 말했다.

"근데 오빠, 현지 독립 허락해 주는 게 어떨까요?"

"또 현지한테 언질을 받았구나."

"헤헤, 네."

하여간 현지 애는 정말.

"서울 올라와서 아무도 통제하는 사람 없으면 미친 듯이 놀텐데, 어떻게 지원을 해줘?"

"안 그래요, 오빠."

"내가 걔를 잘 알지."

"오빠도, 저도 일 다니고 지현이도 열심히 취업활동 하고 있어요. 다른 둘이 직장 다니면서 일하는데 혼자 놀겠어요? 현지도 우리 때문에라도 열심히 할 거예요."

그 말은 또 일리가 있다.

아마 이것도 현지한테 주입받은 말이리라 싶었다.

나는 고민 끝에 결정을 내리고 현지에게 문자를 보냈다.

[나: 야.]

[현지: 네, 오라버니!]

[나: ㅡ,.ㅡ;; 나 원룸 하나 갖고 있는데 거기 써.]

[현지: 진짜? 아싸!!]

[현지: 근데 겨우 원룸?]

[나: 너 그냥 천안에서 뼈를 묻어라.]

[현지: 아냐아냐, 원룸 땡큐! 아리가또!]

[나: 체크카드 하나 줄 테니까 그걸로 생활비 쓰고. 체크카드 사용 내역 다 확인할 거니까 그걸로 딴짓 하거나 현금인출 받는 순간 끝날 줄 알아.]

[현지: 치, 알았어.]

[나: 일단 올해 상반기까지 지켜보자. 그때까지 아무런 성과도 못 내면 넌 천안 닭강정녀, ㅇㅋㅋ]

[현지: ㅇㅋㅇㅋ 사랑해♡]

[나: 닥쳐.]

그러자 민정에게 문자가 왔다. 민정이 키득거리며 내용을 내게 보여주었다.

[현지: good job, my girl.]

꼴값을 떤다, 아주.

나는 이게 잘하는 짓인지 알 수 없어 한숨을 쉬었다. 내일이면 이 소식을 듣고 엄마와 누나가 뭐라고 할 텐데.

"말해두는데 현지 절대로 우리 집에 초대하면 안 된다."

"네."

"약속했어?"

"아이, 알았어요."

또, 또. 애교 섞인 목소리로 얼버무리는 버릇. 현지에게 배운 게 분명하다. 아니면 현지가 민정의 영향을 받았거나.

＊　　　＊　　　＊

그렇게 60일이 흘렀다.

시험 당일이 되자 나는 357매그넘탄과 7.62㎜ 탄을 가공간에 잔뜩 챙겨 넣었다.

초급 4레벨까지 올린 가공간은 상당히 넓어져서 총알을 넉넉하게 챙기고도 여유가 많았다.

심심할 때를 대비하여 바이올린과 교본도 챙겼다.

'이제 나가자.'

나는 민정에게 문자를 보내 일 때문에 출국할 일이 있다고 거짓말을 했다. 그리고 인근의 호텔에 투숙했다.

만약 시험에서 내가 죽는다면 민정은 자다가 죽은 나를 바로 옆에서 보게 되는 것이다. 그런 충격을 주기는 싫다.

혹시 싶어서 내 스마트폰에 가족과 민정에게 보내는 유서를 남겼다.

'됐다.'

준비는 끝났다.

시험이 시작될 때까지 초조하게 시간 흐르는 걸 기다리고 싶지는 않았다.

"어서 오세요."

이젠 보기도 지겨운 아기 천사가 날 반겼다.

"석판 소환."

나는 익숙하게 석판부터 소환해 시험을 확인했다.

―성명(Name): 김현호
―클래스(Class): 16
―카르마(Karma): ㅁ
―시험(Mission): 갈색산맥의 엘프를 지켜라.
―제한 시간(Time limit): 12개월

내 얼굴이 잔뜩 일그러졌다.

"또 1년이냐!"

"그런데요."

"너무한 거 아냐?"

"더 긴 시험을 치르는 시험자도 있다는 걸 아실 텐데요."

닐슨 아슬란이 떠오르자 난 꿀 먹은 벙어리가 되었다. 확실히 그보단 내가 낫다.

"길면 길수록 성장할 수 있는 좋은 기회잖아요?"

"이번엔 지난번처럼 안전할 것 같지는 않은데?"

"두 번이나 날로 먹었으니 대가를 치러야죠."

엘프를 지켜라.

누구로부터?

'적은 언데드들이겠구나.'

북쪽의 바스티앙 자작가는 오딘이 전쟁을 통해 멸망시킬 것이다. 동쪽의 실버 씨족은 엘프들의 위협거리가 별로 되지 못한다.

수장 레온 실버는 나름 똑똑하게 씨족의 힘을 강화했지만 자기들이 여전히 역부족이란 건 인지 못하고 있을 게 분명하다.

그럼 남은 적은 남서쪽에서 절벽을 기어오르는 좀비들밖에 없었다.

'그럼 지금껏 벌어지고 있는 사태의 핵심은 언데드를 움직이는 흑마법사란 얘긴데.'

시험의 전체적인 흐름을 생각해 본 나는 문득 떠오르는 게 있어서 아기 천사에게 물었다.

"언데드를 막으려면 어떡해야 하지?"

"글쎄요?"

"생명의 나무지?"

"글쎄요."

"생명의 나무가 이번 시험의 핵심 맞는 거지? 그래서 지난 4, 5회 차에서 생명의 나무를 살리게 한 거잖아. 내 말 맞지?"

"글쎄요?"

나는 아기 천사를 빤히 바라보았다.

아기 천사는 늘 그렇듯 싱글거릴 뿐이었다. 역시 표정으로 천사의 심중을 파악하기란 불가능했다.

하긴 인간이 아니라 천사니까.

하지만 난 내 생각이 옳다고 확신했다.

*　　　*　　　*

시험의 문을 통과하니 생명의 나무 위였다.

하늘까지 닿는 거대한 탑 같은 생명의 나무를 보니 반가운 마음이 들었다. 60일 만이었다.

아직 이른 새벽이라 마을은 조용했다.

평화롭다.

왜 인간은 이렇게 평화롭게 잘 살아가고 있는 엘프들을 해코지 못해 안달일까.

'분명히 뭔가 이득이 되기 때문이겠지.'

상대는 언데드.

죽은 자를 완전히 살지도 죽지도 못한 상태로 일으켜 조종하는 사악한 술법을 익힌 흑마법사였다.

오딘은 흑마법을 불노불사를 연구하다가 파생된 금지된 학문이라고 했다.

죽음, 부활, 불노불사, 생명.

그 키워드를 엘프와 연관 지었을 때, 자연스럽게 떠오르는 건 생명의 나무였다.

엘프들도 어렴풋이 알고는 있다. 언데드들이 생명의 나무를 노리고 있다고 데릭이 말한 바 있었다.

좀비들은 생명을 가진 것을 본능적으로 질투하기 때문에 가장 큰 생명력을 가진 생명의 나무를 노린다고 하였다.

하지만 그 좀비들을 조종하는 흑마법사는 다른 이유로 생명의 나무를 노리고 있을 것이다. 아마도 부활이나 불노불사와 관련된 목적이리라 싶었다.

"일찍 일어났군."

뒤에서 문득 목소리가 들렸다.

미중년 엘프 전사.

바로 데릭이었다.

"데릭 씨!"

"왜 그리 반가워하나?"

"그냥 반가워서요."

난 60일 만에 보거든.

"싱겁긴. 하여튼 깨어났으니 오늘은 일찍 출발하자."

"늘 이 시간에 일어나시나요?"

"그래."

"그럼 저도 이 시간이 일어나도록 하겠습니다!"

"마음대로 해라."

데릭과 나는 함께 출발했다.

오늘도 작은 생명의 나무를 돌보기 위해서였다. 추가로 절벽을 오르는 좀비들과도 싸워야지.

데릭과 나란히 달리면서 나는 작은 성취감을 느꼈다.

5회차 시험을 클리어하고 얻은 카르마로 나는 체력보정을 한계까지 올렸다.

중급 5레벨.

오러 컨트롤을 익히지 않은 내가 올릴 수 있는 한계치였다. 그리고 중급 5레벨의 효과는 바로 엘프의 한계 수준의 체력이었다.

즉, 엘프 최고의 전사인 데릭과 견주어도 절대로 밀리지 않는 수준인 것이다. 물론 체력만 따졌을 때의 일이지만 말이다.

"잘 따라오는군?"

데릭도 나의 상승된 체력에 놀라워했다.

"그동안 체력이 많이 붙었어요."

"어제와 비교해도 크게 늘었는데?"

"그런가요?"

"하여간 놀랍군."

"헤헤헤."

"그럼 오늘부터는 제대로 달려도 되겠어."

"네?"

"잘 따라와라."

그러면서 데릭은 쏜살같이 앞으로 쏘아져 나갔다.

"헉!"

나는 기겁을 했다.

난 지금 전속력으로 달리고 있었다. 그런데 그보다 더 빠르게 움직이다니, 믿을 수가 없었다.

'난 엘프 한계치의 체력을 갖고 있는데?'

어떻게 데릭이 나보다 더 빨리 달릴 수 있는지 의문이었다. 아무튼 일단은 따라잡는 게 급선무였다.

"바람의 가호!"

결국 난 바람의 가호를 쓰고 달려서야 데릭과 나란히 달릴 수 있게 되었다.

사뿐사뿐 발을 내딛을 때마다 발생한 풍압이 내 몸을 앞으로 밀었다. 거의 점프를 하듯이 큰 보폭으로 달리니 여유롭게 데릭과 보조를 맞출 수 있었다.

나는 달리면서 데릭을 살폈다.

'딱히 특별할 건 없는데?'

달리는 자세는 평상시랑 똑같았다. 대체 나와 차이가 뭔지 알 수 없었다.

작은 생명의 나무에 도착하자 나는 데릭에게 물어보았다.

데릭이 설명해 주었다.

"인간들이 오러를 다루는 것과 비슷하다."

"오러 컨트롤이요?"

"그래, 인간이 오러를 응용하여 더 강한 힘을 내듯이 엘프들은 자연의 힘을 다룰 줄 알지. 정령술도 자연의 힘을 쓰는 방법 중 하나고."

"그래서 생명의 나무가 엘프에게 소중한 거군요."

"그렇지. 자연의 힘이 발생하지 않는 곳에서 우리 엘프의 힘은 크게 약화되니까."

오러 컨트롤을 다룰 수 있다 해도 오러가 없으면 소용없다. 생명의 나무를 잃은 엘프는 그와 같은 처지에 놓이는 셈이었다.

"이 나무가 성장하면 여러분의 힘이 더 강해지겠군요?"

"물론이다. 생명의 나무가 두 그루나 있는데 무서울 게 없지."

그렇다면 역시 이번 6회차에서 내가 가장 중요시해야 할 일은 이 작은 생명의 나무를 크게 키우는 것이었다.

4, 5회차에서 지금의 6회차로 이어지는 전체적인 맥락을 살펴봐도 정답은 그거였다.

'엘프와 함께 싸우는 것보다도 이게 훨씬 큰 효과를 거둘 수 있을 거야.'

아무리 내가 강해졌다지만 뛰어난 전사들이 수두룩한 엘프들

사이에서 내가 한 손을 거든다고 싸움에서 얼마나 도움이 될까?

아마 그래서는 시험을 클리어한다고 해도 높은 카르마를 받을 수 없다.

'그래, 이거야. 첫 시험 때도 그랬고, 시험에서는 싸움 실력보다 머리를 쓰는 것에 더 높은 보상을 줬어.'

일단 나는 생명의 불꽃을 2연속으로 만들어 작은 생명의 나무에게 불어넣었다.

많이 먹고 쑥쑥 자라라.

작은 생명의 나무는 마치 고맙다고 말을 하는 것처럼 작은 나뭇가지 하나를 살짝 흔든다. 바람 때문이겠지만 말이다.

그런 나를 데릭이 흐뭇하게 바라본다.

"킴, 너는 대자연이 우리에게 준 가장 큰 선물이군."

"헉!"

"응? 왜 그러지?"

"아, 아닙니다. 너무 감동해서요."

데릭은 피식 웃었다.

휴우, 하마터면 반할 뻔했다. 또 심장을 직격하는 멋진 말을 하다니! 데릭, 이 마성의 엘프!

"다 됐으면 가자."

"예."

우리는 절벽으로 향했다.

절벽 위에는 이미 다른 나이든 엘프들이 기다리고 있었다. 이곳은 24시간 교대하며 항시 지키고 있다고 했다.

"여어, 킴!"

"오늘도 잘해보라고."

"최근에 실력이 많이 늘었던데."

이젠 모두와 친해진 터라 다들 친근감 있게 한마디씩 격려했다.

좋아, 오늘은 발전한 내 실력을 똑똑히 보여줘야지.

바람의 가호는 초급 5레벨로 올렸고, 바이올린 연습 덕분에 운동신경도 중급 2레벨!

'제한 시간은 12개월. 즉, 12개월 동안 엘프들을 지키면 시험이 클리어되는 거야.'

12개월이나 되는 장기전이라면 총알은 함부로 쓸 수가 없었다. 물론 초급 4레벨로 올린 덕에 더욱 넓어진 가공간에 권총에 쓰이는 매그넘탄이 수없이 쌓여 있다.

하지만 무지막지한 숫자의 좀비 떼가 12개월간 매일 몰려들면 그 총알 갖고는 부족해진다.

'권총은 중요한 싸움이 생기지 않는 한 아껴두자.'

이윽고 싸움이 시작됐다.

"크아아아!"

"크르르르!"

"으아아!"

괴성을 지르며 가파른 낭떠러지를 기어오르는 시체들.

"먼저 가지."

데릭이 스타트를 끊었다.

좀비 떼를 향해 수직으로 떨어지며 쌍검을 뽑는다.

충돌 순간, 쌍검을 동시에 휘둘러 교차시켰다.

차촤촤촤악—!

"끄하악!"

"크아아!"

팔다리나 목이 잘린 좀비들이 우수수 추락했다.

데릭은 기어오르던 좀비를 잇달아 밟으며 추락 속도를 늦췄다. 발판이 된 좀비들이 마찬가지로 우르르 떨어졌다.

좀비들을 밟아가며 추락 속도를 늦추면서 데릭은 그 와중에도 검을 계속 휘두르는 신기(神技)를 발휘했다.

60일 만에 보는 데릭의 활약상이라 나는 입을 쩌억 벌리며 감탄할 수밖에 없었다.

'운동신경이 얼마나 되어야 저걸 흉내라도 낼 수 있을까?

아마 상급 이상은 되어야 하지 않을까?

"다음은 제가 갈게요."

내가 나섰다.

"오오, 킴이?"

"한번 봐주지!"

"잘해봐."

나이 든 엘프들이 격려해 준다.

씨익 웃은 나는 바람의 가호를 펼치고서 좀비 떼를 향해 뛰어내렸다.

두 발을 아래로 향한 채, 양팔로 균형을 잡으며 똑바로 떨어졌다.

좀비 떼와 충돌하는 순간, 나는 혼신의 힘을 다하여 두 발로 아래쪽을 박찼다. 추락하는 가속도까지 더한 드롭킥이었다.

쿠아아앙—!

엄청난 풍압이 발생하였다. 바람의 가호의 레벨이 오른 터라 위력 역시 강해졌다.

내 발에서 시작된 작은 폭풍이 좀비 떼를 휩쓸었다.

"크르르르!"

"으아아!"

"끄하악!"

무려 여덟 마리나 되는 좀비 떼가 일격에 휩쓸려 나갔다.

나는 한 손으로 돌부리를 붙잡고 매달린 채 계속 발차기를 날렸다. 그때마다 일어나는 풍압이 좀비들을 두세 마리씩 떨어뜨렸다.

나는 그야말로 먼지떨이가 먼지를 털어내는 것처럼 좀비들을 추락시켰다.

"오오!"

"대단한데!"

"엄청난 킥이었어!"

절벽 위에서 엘프들의 찬사가 쏟아졌다.

신이 난 나는 다시 좀비들을 발판처럼 밟아가며 절벽을 횡으로 가로질렀다.

발판이 된 좀비들이 우수수 떨어졌다. 물론 아직 데릭 같은 경지에는 이르지 못해서 가끔씩 손으로 절벽을 잡아야 했다.

사실 두 발만으로 절벽을 종횡무진하는 것이 비정상 아닌가!

다른 엘프들도 하나둘 가세하니 좀비들은 빗자루에 쓸려나가 듯 정리되었다.

한참을 싸운 후에야 좀비 떼의 습격은 멈췄다.

"휴우, 이제야 끝났군."

"오늘따라 언데드의 숫자가 더 많아진 것 같은데, 기분 탓인가?"

"기분 탓이 아니야. 나도 그렇게 느꼈어."

엘프들이 한마디씩 주고받으며 휴식을 취했다.

싸움은 이겼지만 모두의 목소리에 우려가 어렸다.

데릭도 무슨 생각을 하는지 좀비들이 쓸려 나간 절벽을 가만히 내려다볼 뿐이었다.

"무슨 생각 하세요?"

"언데드들에 대해 생각한다."

"오늘따라 숫자가 많았죠?"

데릭은 고개를 끄덕였다.

"이게 우연인지 모르겠군."

"우연이 아니겠죠."

데릭의 시선이 나에게 꽂혔다.

내가 말했다.

"언데드들을 조종하는 건 흑마법사라고 들었어요."

"그렇겠지."

말투로 보아 데릭도 흑마법에 대해 그다지 알고 있는 지식은 없어 보였다.

"좀비들의 숫자가 늘었다면 흑마법사가 평소보다 더 많이 보낸 거라는 뜻이죠."

"그렇지."

"생각해 보세요. 흑마법사는 여태껏 매일 좀비를 보내 공격해 왔어요. 그때마다 우리는 격퇴했고요."

데릭은 고개를 끄덕였다.

내 말이 이어졌다.

"우리는 좀비와 싸우고 있지만 진짜 상대는 흑마법사예요. 단순한 좀비가 아니라 생각을 하는 인간이요."

"그렇지."

"계속 공격을 반복했는데 쭉 실패를 거듭했는데, 인간이라면 당연히 평소와는 다른 방법을 시도하지 않을까요?"

"……."

"아마도 지금까지 똑같은 공격을 반복한 이유는 계속 그러다 보면 여러분이 언젠가는 지칠 거라고 여겼기 때문이겠죠."

"우리가 지치기를 기다렸다?"

"예, 하지만 그런 지루한 싸움을 반복하다 보니 흑마법사가 먼저 인내심이 바닥난 거예요. 이래 봤자 끝이 없을 거라고요."

"……그렇게 생각해 볼 수 있겠군. 인간은 우리보다 수명이 짧은 만큼 인내심도 약하니까."

"그래서 무언가 변화를 주고자 오늘은 숫자를 늘린 거예요."

그 말에 얼굴빛이 심각해진 데릭에게 나는 한마디 덧붙였다.

"물론 이건 추측일 뿐이지만요."

내 생각이 틀렸을 수도 있으니까.

그러나 데릭은 고개를 저었다.

"아니, 킴 네 말이 옳다. 그렇게 생각해야 앞뒤 정황이 맞아떨어져."

"그런가요?"

"그럼 킴, 하나 묻지. 그렇다면 우리는 어찌해야 할 것 같으냐?"

"예? 그건 어머니들께서 판단하셔야 하지 않을까요?"

"물론 최종 결정은 그녀들이 한다. 난 그 판단에 도움이 될 만한 의견을 첨언하고 싶은 거다. 넌 저 흑마법사와 마찬가지로 인간이니 도움이 되리라 본다."

'으음.'

어머니들에게도 전해질 의견이니 나는 말하기에 앞서 신중할 수밖에 없었다.

# 4장

오딘의 능력

신중하게 생각한 끝에 내가 말했다.

"우선은 우리의 전력 비중을 이쪽에 보다 집중해야 한다고 생각해요."

"젊은 애들을 이곳에 투입하자고?"

"예, 제가 보기에 가장 큰 위험은 이곳에서 발생할 거라고 생각됩니다."

간단한 얘기였다.

바스티앙 자작가는 오딘과 전쟁을 치르느라 정신없을 테고, 실버 씨족은 별게 아니다.

문제가 발생하는 곳.

무언가 심상치 않은 조짐이 보이는 이곳에 전력을 보강해야 한다.

"흑마법사가 보다 힘을 기울이니까 당연히 우리도 똑같이 이곳에 힘을 기울여야죠."

"아직 우리들만으로 충분하다."

"아직은 말이죠?"

"……."

"당연하게도 데릭 씨의 실력을 의심하지는 않아요. 하지만 이렇게 생각해 보면 어떨까요?"

"또 뭐냐?"

데릭이 내 말에 관심을 보였다.

내가 말했다.

"이곳을 집요하게 공격했지만 계속 실패했죠. 오늘은 숫자를 늘려봤는데도 결국 실패했고요."

"그랬지."

"그럼 흑마법사는 무슨 생각을 할까요? 다른 길을 통해 공격해야겠다는 생각을 과연 하지 않을까요?"

"다른 길은 없다. 이 언덕이 아니면 훨씬 더 길로 돌아와야 해."

"바로 그것이 맹점인 겁니다."

"뭣?"

"계속 이곳만 쳐서 우리의 이목을 집중시키고, 다른 길로 허를 찌르는 거죠. 저라면 그렇게 하겠습니다."

내가 계속 설명했다.

"이왕 계속 공격에 실패한 김에, 그것을 계략의 미끼로 써먹어서 만회하고 싶은 심리가 생기지 않을까요? 아무리 멀리 돌아야 하는 길이라도요."

"으음!"

데릭의 입에서 신음이 흘러나왔다.

"네 말이 맞다. 난 지금 당장 마을로 돌아가 봐야겠군."

어머니들에게 내 의견을 전할 생각인 듯했다.

"저도 함께 가겠습니다."

"그게 좋겠다."

우리는 빠른 속도로 마을을 향해 달렸다.

쿨타임 30분이 지났기 때문에 다시 바람의 가호를 펼쳐서 데릭의 전속력 질주를 따라잡을 수 있었다.

레벨을 올릴수록 지속시간은 늘고 쿨타임은 줄었다. 차라리 순간이동을 올리지 말고 그 카르마로 바람의 가호에 더 투자할 걸 그랬나 하는 후회도 잠시 스쳤다.

'아냐, 순간이동도 쓸모 있는 날이 온다.'

어찌 되었든 위기탈출용으로 올려둔 스킬이니까.

마을에 도착하자마자 데릭과 나는 곧장 생명의 나무 아래에 모여 있는 어머니들에게 향했다.

한창 수다를 떨던 어머니들의 시선이 우리에게 모아졌다.

"어머, 여보!"

연장자 어머니가 몹시 반가워하며 달려왔다.

남편을 발견하고 쏜살같이 달려 나온 그녀, 가만히 머리를 쓸어주는 것으로 화답하는 데릭이나 그렇게 보기 좋을 수가 없었다.

저걸 보니 나도 민정이가 보고 싶어졌다.

'최소 200년은 넘긴 부부일 텐데 저렇게 사이가 좋다니.'

하기야 데릭 정도의 남자라면 그쯤 사랑할 만하다. 나도 가끔 반할 것…… 흠흠! 침착하게 마음을 정화시키자.

"무슨 일로 벌써 오셨어요?"

"당신에게 할 말이 있어서."

"어머, 저에게만?"

"모두가 듣는 편이 좋겠군."

"아이, 모두가 듣는 앞에서……."

무엇을 상상하는지 연장자 어머니가 얼굴을 붉힌다. 무엇을 상상하든 그 이하를 보게 될 테지만.

"아무래도 언데드들의 동향이 수상하오."

연장자 어머니의 표정이 실망으로 바뀌었다. 좋은 볼거리를 기대했던 어머니들 또한 얼굴이 굳었다.

"자세한 이야기는 킴에게 들어보는 게 좋겠군."

이제 모두의 눈길이 내게 모였다.

난 데릭에게 했던 의견을 다시 한 번 개진하였다. 이번에는 아까보다 더 정리된 설명을 할 수 있었다.

이야기를 유심히 듣고 난 연장자 어머니가 물었다.

"우리가 처한 가장 중요한 문제가 남서쪽의 언데드란 뜻이 지?"

"네."

"우리는 인간이 더 두렵다. 인간은 명백하게 우리 종족의 아이들을 납치하려 하고, 감시를 피해 침입하려고 온갖 간교한 수단을 동원하고 있지."

"이해합니다. 같은 인간으로서 부끄러울 따름입니다."

"네게 그런 말을 듣고자 하는 소리가 아니다. 우리는 북쪽에 대한 감시망을 조금도 느슨하게 할 수가 없어. 예전에 엘리스가 납치될 뻔했던 일도 있었고."

그 말에 나는 다시 머리를 굴렸다.

생각을 정리하고서 답했다.

"그에 대해 두 가지 드릴 말씀이 있습니다."

"말하렴."

"첫째로, 명백하게 이 마을이 직면한 가장 큰 위협은 언데드입니다. 다만 그쪽은 데릭 씨와 더불어 많은 용맹한 전사분들께서 막고 계시기에 두렵지 않았을 뿐이죠."

"……."

"하지만 엘리스가 납치될 뻔했던 사건에는 큰 충격을 받으셨을 겁니다. 이해합니다. 그 사랑스런 아이가 파렴치한 자들에게 납치되어 영영 잃을 뻔했으니까요."

어머니들 사이에서 탄식과 안도의 한숨이 나왔다.

그때 일을 생각하니 아직도 아찔한 모양이었다. 이것이 엘프 모계사회의 장점이자 단점이다.

"하지만 그러한 심리적인 영향 탓에 일의 경중을 잘못 파악하신 게 아닌가 싶습니다."

모두가 놀란 가운데, 내 말이 이어졌다.

"조무래기 같은 인간 납치범 몇이 침범해 오는 것은 문제도 아닙니다. 아이들이 어른의 동행 없이 멋대로 마을 밖에 놀러 나가는 것을 방지하고, 설령 납치되더라도 즉각 쫓아가 구출해

오는 추격대를 따로 편성해 두면 그만입니다."

"아……!"

"하지만 언데드들은 다릅니다. 방어선이 뚫리고 생명의 나무가 훼손되어 버리면 입에 담기도 싫은 끔찍한 사태가 벌어지죠. 대체 어느 쪽이 더 중요합니까?'

그녀들은 아이들을 소중히 여기는 모성애 때문에 더 중요한 것을 보지 못했던 것이다.

"납치당해도 구출하면 그만이라니……."

"그런 생각은 해본 적이 없어."

"파렴치한 인간들이 우리 아이들에게 손대는 것 자체가 무서웠으니까."

"추격대라, 그건 좋은 생각 같아."

"아이들 단속은 여자들에게 맡겨도 충분하잖아?'

어머니들이 웅성거리며 서로 이야기를 나눈다.

잠시 후, 연장자 어머니가 말했다.

"아주 좋은 의견 같다. 여자들에게 아이들 단속을 맡기고, 추격대를 따로 편성하겠다."

내가 첨언했다.

"여자들은 각자 맡은 아이가 사라지면 즉시 추격대에게 알리는 체계가 구축되면 좋겠습니다."

"그래, 그거야! 좋은 생각이구나."

그리고 그 두 가지 조치로 아이들의 안전이 확보되면 북쪽을 경계하던 인원을 남서쪽 언데드 방면으로 돌린다.

이야기는 일사천리로 흘렀다.

결론을 내린 어머니들은 마을의 모두를 불러 모아서 이 결정 사항을 알렸다.

"좋은 생각이야."

"킴의 아이디어래."

"킴은 천재잖아. 그럴 만도 해."

"그럼 난 내 동생들을 맡으면 되는 거지?"

다들 좋은 생각이라고 고개를 끄덕였다. 내 평판이 더 좋아졌다. 특히 젊은 남자들이 매우 만족스러워했다.

그동안 나이 든 어른들만이 맡았던 남서쪽 지역의 방어에 자신들도 참여할 기회가 생겼기 때문이었다.

다들 마을 모두를 위해 용맹하게 싸울 기회를 얻고 싶어 했다.

그렇게 남서쪽의 방어를 강화하자 언데드들을 막는 게 한층 더 수월해졌다.

데릭은 젊은 엘프들을 싸움보단 순찰에 투입했다. 혹시나 다른 길로 우회해서 침공하는 언데드들을 수색하게 했다.

허를 찔릴지도 모른다는 위험을 느꼈기 때문이다.

엘프 아이들도 어른들이 시키는 대로 웬만해서는 밖에 나돌아 다니지 않고 마을 내에 있었다.

사실 아이들은 더 이상 마을 밖 탐험에 관심이 없었다. 다들 술래잡기에 미쳐 있거든.

나는 매일 생명의 불꽃 2개씩을 작은 생명의 나무에 투입했다. 그리고 절벽에서 언데드들과 싸우고, 오후에는 술래잡기 훈련, 늦은 밤에는 자기 전까지 바이올린 연습을 했다.

바이올린은 실프에게 소리를 차단시키고 아무도 몰래 혼자 연습했다.

엘프들이 바이올린에 관심을 보이면 귀찮아질 거란 예감이 들어서였다. 너도나도 해보겠다고 난리 치겠지. 안 봐도 뻔해.

그렇게 단조롭지만 충실한 하루하루가 흐른 지도 1개월이 넘어갈 무렵이었다.

"인간들이다─!"

엘프 마을에 한바탕 소란이 발생하였다.

그 얘기가 언데드와 싸우는 절벽까지 전해져서 내가 데릭과 함께 부랴부랴 마을로 돌아왔다.

마을 분위기는 흉흉했다.

순찰에서 급히 돌아온 남성 엘프들은 물론, 여성들까지 무장을 갖추고 있었다.

아이들은 집 안에 있는지 한 명도 안 보였다.

마을에 나타난 무리는 인간 3명, 그리고 많이 야위어 보이는 엘프 10명이었다.

나이 든 여성이 2명, 남성은 3명, 나머지 5명은 어린 엘프들이었다. 하나같이 고생이 많았는지 얼굴색이 안 좋다.

인간 3인은 무장을 갖추고 있었으나, 무기를 꺼내고 있지 않았다.

그리고 그중 한 명은 내가 익히 아는 사람이었다.

"오딘?"

내가 알은체를 하자 오딘은 놀라 나를 바라보았다.

"김현호 씨!"

엘프들은 우리를 보며 웅성거렸다.

"아는 사인가?"

"킴과 친한 모양인데."

"킴과 잘 아는 사이라고?"

"킴과 친하다면야 일단 적은 아니겠네."

"한번 지켜보자고."

적개심이 강했던 엘프들의 태도가 많이 수그러졌다.

하하, 그동안 내가 엘프 마을의 인심을 많이 얻은 덕이다.

오딘은 엘프들의 분위기를 쭉 둘러보다가 나에게 말했다.

"그동안 엘프들의 신뢰를 많이 얻으신 모양이오."

"예, 그렇게 됐습니다. 근데 함께 온 엘프들이……."

오딘은 고개를 끄덕였다.

"노예였지. 자금을 있는 대로 풀어서 확보한 숫자가 저 정도 였소."

그때, 어머니들이 나타났다. 연장자 어머니의 옆에는 데릭이 호위무사처럼 함께 있었다.

연장자 어머니가 내게 물었다.

"킴, 아는 사이냐?"

"예, 친구입니다. 이 사람은 믿을 만하니 염려 마세요."

오딘이 걸어 나와 연장자 어머니에게 인사를 했다.

"울펜부르크 백작 오딘입니다."

"이곳에는 무슨 일입니까? 그리고 함께 온 저 엘프분들 은……."

엘프 10인을 본 연장자 어머니의 안색이 딱딱하게 굳어갔다.

그들이 어떤 삶을 살았을지 짐작이 되었던 것이다.

"제 친우 김현호가 엘프 여러분의 친구가 되어 함께 살아가고 있다는 소식을 들었습니다."

"킴의 친구라면 적은 아니겠군요."

"예, 함께 오신 엘프분들은 노예 생활을 하시다가 요번에 제가 구해드린 분들입니다."

"이자가 하는 말이 사실인가요?"

연장자 어머니의 물음에 엘프들이 고개를 끄덕였다.

"저 인간이 우리를 샀어요."

"동족이 있는 갈색산맥에 데려다주겠다고 하더군요."

"고마운 인간입니다."

나이 든 여성 셋이 대표로 한마디씩 말했다.

연장자 어머니는 고개를 끄덕였다.

"얼마나 고생이 많으셨을지 저로서는 상상이 가질 않네요. 이곳은 안전하니 앞으로 우리와 함께 지내도록 해요."

"고마워요."

"감사합니다."

오딘이 데려온 엘프들의 눈시울이 붉어졌다.

그동안 엘프와 함께 어울리면서 그들이 얼마나 자연을 사랑하는지 느꼈다.

인간의 노예가 되어 살아오며 많은 고생을 했으리라 싶었다.

엘프에게 딱히 중노동을 시키지 않았겠지만, 자연에서 멀어진 것만으로도 얼마나 괴로워하는지 인간들은 모를 것이다.

"고마운 일을 해주셨군요. 하지만 그것이 당신에게 어떤 이득이 되는지 잘 모르겠습니다."

연장자 어머니의 말에 오딘이 답했다.

"말씀드렸듯 첫째는 엘프를 사랑하는 제 친우 김현호를 위한 선물이고, 둘째는 여러분과 우호를 다지고 싶기 때문입니다."

\*　　　　\*　　　　\*

어머니들은 우선 오딘이 데려온 10명의 엘프부터 조치했다.

젊은 여성 엘프들이 그들을 데려가 거처를 마련해 주고 음식을 가져다주었다.

오딘과 나는 어머니들과 함께 조용한 곳으로 가서 따로 대화를 나눴다.

"일단 사비를 들여 우리 동족을 구해준 호의에 다시 한 번 감사드립니다."

"별말씀을. 같은 인간으로서 그런 죄악이 부끄러울 따름입니다."

"울펜부르크 백작 오딘이라 하셨지요? 인간들 사이에서 높은 지위를 가진 당신이 관련 없는 우리와 우호를 얻고 싶어 하는 이유를 모르겠네요. 그것이 당신에게 어떤 이득이 되죠?"

"세상이 점점 혼란해져 점점 홀로 자기 한 몸 지키기가 힘들어져 갑니다. 그건 여러분 또한 마찬가지리라 생각됩니다."

"맞아요."

연장자 어머니도 순순히 동의했다.

오딘이 말했다.

"더군다나 우리는 공통의 적을 가지고 있습니다."

"공통의 적?"

"바스티앙 자작가입니다. 저는 현재 바스티앙 자작가와 전쟁을 치를 준비를 끝마친 상태지요."

"바스티앙 자작가는 이곳에서 북쪽에 위치한 그 인간들이로군요."

"그렇습니다."

"그들을 치는 데 우리의 힘을 얻고 싶다는 뜻인가요?"

오딘은 고개를 저었다.

"그렇지는 않습니다. 바스티앙 자작가쯤이야 아무 어려움도 없지요."

"확실히 그래 보이는군."

묵묵히 있던 데릭이 입을 열었다. 데릭은 오딘을 똑바로 응시하며 말했다.

"지금껏 내가 본 인간 중 가장 강해."

"영광입니다."

오딘은 싱긋 웃어보였다.

어머니들은 물론 나도 놀랐다.

갈색산맥에서 가장 오래 산 엘프 전사인 데릭이었다. 그런 그가 본 가장 강한 인간이라니.

오딘이 지금껏 20회차의 시험을 모조리 클리어한 엄청난 시험자였다. 대체 얼마나 강할지 짐작이 되지 않는다.

"그렇다면 어째서 우호를 원하지요?"

"아직 보이지 않는 앞으로의 위험에 함께 대처하고 싶기 때문입니다."

오딘이 말했다.

"바스티앙 자작가 따위는 제 적수가 못 되지만 그걸 알고 있는 그들이 제게 싸움을 건 이유를 모르겠습니다. 아마도 그들을 조종하는 뭔가가 있을 거라고 생각됩니다."

그 말에 어머니들은 서로 모여서 상의를 시작했다.

나 역시 깊은 생각에 잠겼다.

생각해 보자.

정황상 라이칸스로프 실버 씨족과 바스티앙 자작가는 모종의 거래를 맺었다. 아마 엘프를 공통의 타깃으로 삼은 모양이다.

야심이 많은 레온 실버는 실버 씨족의 영역을 엘프들의 갈색 산맥까지 확대하려는 생각을 품고 있겠지.

그리고 바스티앙 자작가는 돈독이 오른 놈들인 엘프들을 대거 잡아서 노예로 팔아 거금을 만지고 싶은 생각이겠지.

그럼 여기다가 언데드 무리를 조종하는 흑마법사(들)를 집어넣어 보자.

흑마법사가 노리는 것이 생명의 나무라면 아귀가 맞아 떨어진다.

실버 씨족, 바스티앙 자작가, 흑마법사 셋이 협력해 엘프를 침공하면 서로 원하는 바를 얻을 수 있는 것이다.

'바로 이거야.'

나는 생각을 정리한 후에 입을 열었다.

"제가 드리고 싶은 의견이 있습니다."

"해보렴, 킴."

"예, 오딘 님께서 말씀하신 보이지 않는 위협이란 흑마법사들이라고 생각합니다."

"흑마법사들?"

"예, 실버 씨족과 바스티앙 자작가가 엘프를 노려서 얻고자 하는 바는 확실합니다. 실버 씨족은 영역, 바스티앙 자작가는 엘프 노예죠."

"못된 것들."

"파렴치한 것들끼리 뭉쳤네요."

어머니들이 화를 냈다.

내가 계속 말했다.

"문제는 흑마법사가 노리는 것입니다. 제 생각에는 그게 생명의 나무가 아닐까 생각됩니다."

"생명의 나무를?"

"예, 언데드를 만드는 사악한 주술이 불노불사와 부활을 연구하다가 파생한 것이라고 들었습니다. 그렇다면 풍부한 생명력을 가진 생명의 나무가 충분히 그들의 연구 대상이 되지 않을까요?"

"그렇게 생각해 볼 수 있겠구려."

오딘도 고개를 끄덕이며 동의했다.

내가 말했다.

"한 가지 여쭙고 싶은 게 있는데, 제가 오기 전까지 생명의 나무는 병들고 있었는데, 그게 언제부터였습니까?"

"무슨 뜻으로 묻는 것이니?"

연장자 어머니가 물었다.

"생명의 나무가 병든 것이 자연스러운 현상인지, 아니면 흑마법사들의 어떤 저주 같은 것에 의함인지 알고 싶은 겁니다."

"……!"

어머니들이 경악한 얼굴이 되었다.

"자연스러운 쇠퇴기의 현상은 아니었지?"

"나도 그렇게 생각해. 그래서 우리가 끝까지 생명의 나무가 죽어간다는 걸 믿지 못했던 거야."

"자연스러운 현상이 아니니 우리가 알아차리지 못했던 것도 당연해."

"킴의 추측이 옳아."

중구난방으로 떠드는 어머니들. 갑자기 부녀회의 수다 현장이 된 회의를 보며 오딘은 당황하였다.

"원래 이렇소?"

"예, 늘 이래요. 익숙해지셔야 할 거예요."

"재미있는 통치체계구려."

"익숙해지면 한숨이 나오죠."

여자들 수다를 지켜봐야 하는 남자들의 고통이란…….

한참의 수다 끝에 결론이 나왔다.

"세 무리가 힘을 합쳤다면, 우리 역시 협력자가 필요하다는 결론을 내렸어요. 울펜부르크 백작 오딘, 당신과 우호관계를 맺겠습니다."

"현명하신 선택입니다."

오딘은 연장자 어머니와 악수를 나눴다.

그렇게 서로 협력하기로 한 뒤에 오딘이 말했다.

"한 가지 부탁이 있는데, 그 언데드들을 저도 볼 수 있겠습니까? 언데드들의 위협이 어느 정도인지 확인하고 싶습니다만."

"오늘 하루만 싸움에 끼어보겠나?"

데릭이 물었다.

오딘은 씨익 웃으며 고개를 끄덕였다.

"좋습니다. 요즘은 제대로 실력을 발휘할 기회가 통 없었으니까."

나도 함께 가기로 했다.

오딘의 실력이 어느 정도인지 볼 수 있는 기회라 여겼다.

우리는 함께 남서쪽 절벽으로 향했다.

*　　　*　　　*

"많기도 하군."

절벽 아래에서 밀려오는 좀비 떼를 본 오딘의 감상이었다.

"늘 이런 숫자와 싸웠던 겁니까?"

"최근 들어 부쩍 늘었지."

데릭이 답했다.

절벽을 지키는 엘프들의 관심은 새로 나타난 인간 오딘에게 집중되었다.

다들 그의 실력이 궁금했던 것이다. 그런 낌새를 눈치챘는지, 오딘은 씨익 웃으며 허리춤에서 장검을 뽑아 들었다.

"그럼 신고식을 치러야겠군요."

"언제든지."

"절벽이 조금 무너져도 되겠습니까?"

그 말에 나는 깜짝 놀랐고, 데릭은 다른 엘프들에게 턱짓을 했다.

엘프들이 절벽에서 물러났다.

"해봐라."

"그러지요."

오딘은 눈을 감고 장검에 정신을 집중하는 듯했다.

그러더니…….

파아아앗!

검에 푸른 기운이 아지랑이처럼 일렁이기 시작했다.

"저, 저게 뭐죠?"

"오러를 무기에 전달한 것이다."

데릭이 답했다.

"그런 게 가능한가요?"

"저 인간은 그보다 더 한 것도 할 수 있지. 봐라."

장검에서 피어오르던 푸른 아지랑이가 이윽고 하나의 고체형 태로 굳어졌다. 마치 장검의 검신에 검집을 씌운 것처럼 푸른 오러가 검의 형태를 이루고 있었다.

"오러 소드. 정말 오랜만에 보는군."

데릭의 말이었다.

"오러 소드가 대단한 건가요?"

"오러 컨트롤의 능력이 극의에 달하면 저게 가능하다더군. 아주 옛날에 저걸 딱 한 번 본 적 있었다. 우리를 침공한 인간들 중에 저걸 할 줄 아는 자가 있었어."

·데릭의 말이 끝나기가 무섭게, 오딘이 절벽 아래로 뛰어들었다.

수직으로 낙하한 오딘은 좀비들을 향해 장검을 횡으로 휘둘렀다. 검신에 맺혀 있던 오러 소드가 좀비 떼를 향해 넓게 퍼져 나갔다.

그 여파는 충격적이었다.

콰콰콰콰콰콰쾅—!!

오러의 폭풍이 좀비 떼를 휩쓸었다.

충격의 여파로 절벽의 바위들이 우르르 무너져 버려 한바탕 낙석이 일어났다. 산사태는 더 많은 좀비를 쓸어갔다.

단 일격으로 오딘은 족히 수백 마리가 넘는 좀비를 없애버린 것이었다.

'저게 인간이냐?!'

나는 기겁을 했다.

저 정도면 거의 걸어 다니는 전술병기였다. 허리춤에 검이 아니라 미사일을 꽂아 넣고 다니는 거나 다름없다!

"휴우, 상쾌하군."

오딘은 개운한 얼굴로 절벽 위로 올라왔다.

"대단하군."

"감사합니다. 이제 저도 당신의 능력을 볼 수 있겠습니까?"

"보여주지."

데릭은 쌍검을 뽑았다.

나는 살짝 걱정이 되었다.

데릭의 테크닉은 확실히 놀랍지만 방금 오딘이 보여준 막대한 파괴력에 비하면 임팩트가 초라해 보일지도 모르기 때문이다.

그런데 그런 내 우려는 기우에 불과했던 모양이었다.

"카사."

데릭은 정령을 소환했다. 그의 카사는 거대한 불의 거인이었다.

크기가 5미터나 되는 거대한 불의 정령!

이글거리며 타오르는 위용이 마치 묵시록에서나 나올 법한 괴물과도 같았다.

"상급 정령을 보게 되는구려."

오딘은 흥분에 떨었다.

'저게 상급 정령?'

순간 나는 나의 카사를 떠올렸다. 몸집이 거대해진 카사가 꼬리를 살랑살랑 흔들며 난리법석을 부리는…….

크윽, 아무리 생각해도 데릭 같은 멋이 안 난다!

데릭은 이윽고 더 놀라운 모습을 연출했다. 불의 거인과 데릭이 한 몸으로 융합한 것이었다.

카사의 불길이 데릭의 육체로 깃들 듯이 빨려 들어가 사라졌다.

대신 데릭의 온몸에서 뜨거운 아지랑이가 흘러나오기 시작했다. 그의 입김에서 불꽃이 흘렀다.

데릭이 절벽 아래로 뛰어내렸다.

"크하아아압!"

박력 있는 기합과 함께 쌍검을 마구 휘둘렀다.

콰콰쾅─ 콰르르룽! 화르르륵─!

그것은 불꽃놀이를 연상케 했다.

사방팔방으로 뜨거운 불길이 쏟아졌다. 불의 폭포가 저러할까?

절벽 아래에 화염이 강처럼 흘렀다.

"크아아!"

"크르르르!"

"크아악!"

"으아아아!"

좀비들은 그야말로 녹아버렸다. 일순간에 수백 구가 잿더미가 되어 소멸되었다.

불꽃 축제가 끝나고 나니 절벽에 매달려 있는 좀비는 단 한 구도 없었다.

"세상에……."

저게 정령술의 위력이라고?

정령술과 무기는 별개라고 생각해 왔다. 지금껏 데릭의 특기는 쌍검술이지 정령이 아니라고 여겼다.

그런데 쌍검술과 정령술이 융합된 엄청난 위력을 보니 나는 새로운 세계를 알게 된 듯한 기분이었다.

'나도 총과 정령술을 하나로 융합할 수 있지 않을까?'

그렇게 해야만 했다.

소총 모신나강과 쌍권총은 보조도구라고 생각했고, 정령술은 여러 가지로 편리한 스킬이라고만 여겼다.

두 가지를 별개의 것으로 각기 따로 여겼다. 그런데 계속 그렇게 해서는 저렇게 될 수 없다는 걸 깨달았다.

둘 중 하나의 우물만 파거나, 두 가지를 하나로 융합하거나.

나는 후자를 앞으로의 내 길로 택했다.

'그동안 정령술을 너무 소홀히 여겼던 것 같아. 지금부터 더 연구해 봐야겠어.'

나는 그것을 이번 6회차의 과제로 여기기로 했다.

데릭이 돌아오자 그에게 찬사가 쏟아졌다.

"오랜만에 자네 실력을 보는군."

"대단했어!"

"역시 데릭이야."

데릭은 그저 미소를 지을 뿐이었다.

'이 사람들, 여태까지는 그저 운동에 불과했구나.'

그러고 보면 다들 한 번도 싸움에 정령을 활용하지는 않았다. 진짜 실력을 한 번도 발휘하지 않았던 것이다.

"어땠나?"

데릭이 오딘에게 물었다.

"그런 대단한 광경은 처음 봅니다. 엘프와 정령술에 대해서 얼마나 세상에 알려져 있지 않은지 세삼 깨닫게 되었습니다."

그건 그랬다.

실버 씨족 따위는 데릭 혼자 다녀와도 한 시간 안에 불바다로 만들어버릴 수 있을 터였다.

그걸 모르니까 레온 실버 따위가 엘프를 노리는 것이겠지.

"그런데 한 가지 이상한 것이 있는데, 혹시 매일같이 이 정도 숫자의 언데드가 공격해 왔던 겁니까?"

"그러네. 요즘은 더 많아지긴 했지만."

"하지만 매일 그 정도 언데드를 낭비하려면 엄청난 양의 시체를 공급해야 하는데, 그건 사실상 불가능하지요."

오딘의 말에 그제야 나도 의문이 들었다.

그 정도 시체 숫자를 매일 공급되는데 비밀리에 이루어질 수가 없는 것이었다.

# 5장

탐사

　'확실히 이상하다.'

　매일같이 그 많은 시체를 공급할 수는 없었다. 적어도 들키지 않고 비밀리 진행하기는 힘든 일이었다.

　오딘이 말했다.

　"아마도 다량의 시체를 매일 공급하는 방식은 아닐 겁니다. 그랬으면 소식이 퍼졌을 테고, 대륙 공통으로 금지된 흑마법이 버젓이 사용되는 걸 각 국가가 가만 놔두지 않았겠지요."

　"그럼?"

　"혹시 지금까지는 기어 올라오는 좀비들을 아래로 떨어뜨리는 방식으로 싸워 오시지 않았습니까?"

　"맞다. 힘 낭비는 필요 없으니까."

　"그렇다면 제가 내릴 수 있는 결론은 하나입니다."

오딘이 말했다.

"떨어진 좀비들을 매번 재활용해 왔다고 봐야 하지요."

"재활용?"

데릭과 엘프들의 안색이 변했다.

"이 절벽은 아래가 보이지 않을 정도로 높은데, 여기서 떨어지면 좀비들이 산산조각이 나지 않을까요? 그렇게 조각난 시체도 재활용을 할 수 있을까요?"

내가 물었다.

오딘은 어깨를 으쓱했다.

"모르겠구려. 그건 확인해 보기 전에는 알 수 없지. 아무튼 그만한 시체를 매일 확보하기란 쉽지 않소. 국가 전체가 움직인다 해도 아무도 몰래 하지는 못하오."

"그럼 확인을 해보아야 하나……."

데릭은 절벽 아래를 내려다보며 중얼거렸다.

"만약 탐사를 하신다면 저도 거들 용의가 있습니다."

오딘이 제안했지만 데릭은 고개를 저었다.

"이제부터는 우리들의 일이다. 그 이상 수고를 감수할 필요는 없어."

"그렇습니까. 어찌 되었든 우리는 이제 우호관계이니 도움이 필요해지면 언제든 요청하십시오."

"그리하지."

마을로 돌아온 뒤, 오딘은 작별을 고했다.

"이제 돌아가 봐야겠소."

"벌써 가시게요? 하루라도 머물다 가시지."

"아쉽지만 영지를 이 이상 비워둘 수 없소. 그렇지 않아도 전쟁 중이라 최대한 빨리 돌아가 봐야 하오."

오딘은 웃으며 내게 악수했다.

"아무튼 덕분에 흥미로운 경험을 했소. 김현호 씨가 아니었으면 엘프들과 우호를 다지는 것도, 상급 정령술을 견식해 보는 것도 불가능했을 거요."

"별말씀을요."

그렇게 오딘은 함께 온 2명의 일행과 함께 떠나갔다.

나 역시 오딘 덕분에 견식을 크게 넓히는 특별한 경험을 할 수 있었다.

오러 마스터의 오러 소드.

상급 정령술의 진정한 위력과 활용도.

언젠가는 내가 따라잡아야 할 엄청난 수준이었다.

"무장, 닐슨 H2."

파앗!

두 정의 권총이 내 양손에 나타났다.

나는 권총을 유심히 들여다보았다.

'이걸 어떻게 정령술과 융합할 수 있을까?'

현재 내가 생각할 수 있는 활용법이라고는 실프를 응용한 명중률 강화였다.

바람의 정령인 실프가 조준을 도와주면 어떤 거리에서든 무조건 100% 목표물을 명중시킬 수 있는 것이다.

하지만 그래 봤자 위력은 변함없다. 권총은 그냥 권총일 뿐이었다.

'매그넘탄도 상당히 위력이 강한 탄이라고 했는데, 이렇게 초라하게 보일 줄이야.'

오늘 오딘과 데릭의 활약을 보니 총기류가 초라해진다.

이걸 무기로 삼은 게 장기적으로는 잘못된 거였나 싶었다.

'뭔가 방법이 있을 텐데.'

나는 실프와 카사를 사격에 응용할 수 있는 방법을 열심히 궁리했다.

'실프를 시켜서 탄환이 더 강하게 날아가게 할까?'

하지만 그건 힘의 소모가 너무 커서 비효율적으로 보였다.

날아가는 탄의 궤도를 변경시키는 것만으로도 소환 시간이 엄청나게 깎인 것을 실험을 통해 확인해 본 바가 있었다.

'최대한 적은 힘으로 위력을 강화해야 해.'

나는 총의 원리를 가만히 생각해 보았다.

방아쇠를 당겨서 뇌관이 폭발하면 화약에 불이 붙어서 가스가 발생한다.

이 가스가 급격히 꽉 차면서 그 압력으로 탄환이 발사된다.

그 가스 압력은 노리쇠와 노리쇠뭉치를 후퇴시키는 데 쓰이기도 한다. 내 반자동권총인 내 닐슨 H2의 원리가 그러했다.

가만?

폭발과 가스 압력을 카사가 컨트롤할 수 있지 않을까?

"카사."

―헥헥헥!

오랜만에 소환된 카사가 꼬리를 팔랑팔랑 흔들어댔다.

"잘 들어봐."

나는 권총의 원리를 대략적으로 설명해 준 뒤에 지시를 내렸다.

"네 힘으로 화약의 폭발을 강화할 수 있겠어?"

—멍!

카사는 고개를 끄덕였다.

"화약 폭발로 발생하는 가스 압력을 네가 컨트롤할 수는 있고?"

이번에도 카사는 고개를 마구 끄덕였다.

"그럼 탄에 든 화약을 더 빨리 연소시키고, 가스 압력은 노리쇠랑 노리쇠뭉치를 후퇴시킬 정도의 힘만 빼고 모두 탄환을 내보내는 데 집중시키는 거야. 내 말 이해했어?"

한마디로 가스 압력의 힘을 조금도 손실시키지 않고 탄환을 쏘아 보내는 데 집중시킨다는 개념이었다.

가끔 권총이 고장 나는 원인 중 하나로, 총이 가스 압력을 버티지 못했기 때문에 발생하는 경우가 있다고 생각했다.

그건 가스 압력이 온전히 탄환에 집중되지 않고 다른 곳으로 손실되었기 때문이다.

즉, 카사를 이용하면 탄환의 위력을 강화하고 동시에 권총의 내구력 손실도 줄이는 일석이조의 효과가 발생하는 것이다.

'한번 실험해 보자.'

"실프."

—냥?

실프가 소환되었다. 카사와 실프는 또다시 내 머리 위를 놓고 자리싸움을 시작했다.

"소음을 전부 차단해줘."

—냥!

실프가 고개를 끄덕였다.

나는 하늘을 향해 권총을 겨누었다.

"카사, 알지?"

—멍멍!

카사가 맹렬하게 고개를 끄덕였다.

나는 방아쇠를 당겼다.

푸슈육!

실프의 소음차단으로 총성은 울려 퍼지지 않았고, 대신 바람을 가르는 세찬 소리만 깔끔하게 울려 퍼졌다.

'성공이야.'

팔에 전달되는 반동은 거의 없었는데, 바람을 가르는 소리는 전보다 훨씬 컸다. 힘의 손실이 전혀 없이 작약의 폭발력이 탄환을 날리는 데 집중된 덕분이었다.

'이 정도로 만족할 수는 없지.'

이번에는 실프를 활용할 궁리까지 해보았다.

고심 끝에 평소 실프를 이용해 불을 피우던 방식에서 힌트를 찾았다.

"실프, 화약이 폭발하는 순간에 산소를 주입해서 폭발력을 강화시킬 수 있지?"

—냐앙.

실프는 고개를 끄덕였다.

'좋아!'

두 정령을 모두 활용한 사격법. 그러면서도 힘의 소모는 적은 방식이었다.

"둘 다 그런 식으로 해보자. 준비 됐지?"

—멍!

—냥.

두 정령은 경쟁적으로 대답했다.

다시 한 번 허공을 향해 발사했다.

푸슈육—!

보다 날카로운 바람 가르는 탄환의 소리!

이번에도 성공이었다.

'한번 써먹어 보고 싶다!'

나는 어서 내일이 오기만을 기다렸다.

*　　　*　　　*

다음 날, 데릭은 뜻밖의 말을 했다.

"절벽 아래를 탐사한다."

다음 날 곧바로 결단을 내리다니, 엘프도 남자들은 여자들과 확실히 다르구나.

"어디까지나 목적은 탐사이니 인원은 5명만 뽑겠다."

"그중 하나는 데릭 자네가 확실할 테고, 나도 가겠어."

"나도."

"저도 갑니다."

나이 든 엘프들이 너도나도 나섰다.

'나도 가보고 싶긴 한데.'

다들 실력이 쟁쟁해서 내가 낄 자리는 없어 보였다.

이전까지는 내가 이 중에서도 상당한 실력일 거라고 자신했지만 완전한 착각이었음을 어제 깨달았다.

이 아저씨들은 정령술을 쓰지 않았다. 자기 원래 실력을 발휘하지 않고 있었다는 뜻이다.

다들 오래 살았으니 최고 중급 정령 이상을 보유했을 텐데, 내 정령술은 기껏해야 초급 6레벨.

난 얌전히 물러서기로 했다.

그런데 그때, 데릭이 내게 물었다.

"킴, 갈 테냐?"

"예? 제가 낄 수가 있을까요?"

"싸움이 아니라 탐사다. 위험하긴 하겠지만 내가 함께하니 괜찮다."

"다른 분들이 계시는데 그렇게까지 해서 제가 끼어야 할 특별한 이유가 있나요?"

"우리 엘프의 관점뿐만이 아니라, 인간의 관점도 필요하다고 생각했다. 더군다나 킴 너는 지혜로우니 틀림없이 탐사에 도움이 될 거다."

헐, 나더러 지혜롭단다. 엄마와 누나에게 이 말을 들려주고 싶다.

"그렇다면 저도 참가하고 싶습니다. 방해가 되지 않도록 노력하겠습니다."

"그건 염려 놓아도 된다. 네 솜씨도 몰라보게 늘었으니까."

아, 데릭 님의 칭찬을 받았다!

나는 기분이 날아갈 것만 같았다. 어제 이후로 데릭을 더 우러러보게 되었거든.

데릭과 나를 포함해서 5인의 탐사대가 결성되었다.

"콥, 실프를 소환해 둬."

"오케이."

데릭과 거의 동년배인 베테랑 엘프 전사 콥이 실프를 소환했다.

그의 실프는 커다란 날개를 가진 동그란 생명체였다.

내 얼굴 정도 크기의 동그란 공인데 날개는 내 몸을 전부 덮고도 남을 정도로 커다랬다.

특이한 실프군.

크기와 존재감으로 보아 중급 정령이 아닐까 싶었다.

확실히 내 실프보단 더 대단해 보이는데 어제 본 데릭의 불의 거인만큼은 아니거든. 그럼 중급이지.

"가자!"

데릭이 먼저 뛰어내렸다.

우리가 줄줄이 뒤따라 점프했다. 누가 보면 집단 투신인 줄 알겠다.

바람의 저항을 덜 받기 위해 양팔을 모으고 몸을 최대한 곧게 폈다. 가속도를 받으며 추락 속도는 점점 빨라졌다.

'짜릿하다!'

온몸에 쏟아지는 바람의 압력이 내 감각을 생생하게 깨우고 있었다. 어떤 롤러코스터도 이만한 희열감은 주지 못할 것이다.

그런데 그렇게 동반낙하를 하던 중에 데릭이 무언가를 발견했는지 손가락을 딱 튕겼다.

일순간 콥의 실프가 크게 날갯짓을 했다.

바람의 장벽이 순식간에 펼쳐져 우리의 몸을 받아냈다.

우리는 공중에서 멈췄다.

"저걸."

데릭이 뭔가를 가리켰다.

그것은 바로 거대한 거미줄이었다. 규모도 거대할 뿐만 아니라 굵기 또한 털실처럼 굵었다.

"거미줄?"

내가 중얼거렸다.

데릭이 말했다.

"아라크네의 거미줄이다."

"아, 저게……!"

난 내 손에 낀 장갑을 바라보았다. 오딘에게 선물 받은 이 아라크네 장갑이 바로 저걸로 만든 거다.

"이곳에 아라크네도 있는 모양이군."

"본래 아라크네의 서식지였는데 언데드들에게 휩쓸린 게 아닐까?"

"그렇겠지. 이 절벽 아래는 본래 아라크네의 서식지였다는 이야기를 들었으니까. 우리의 영역이 아니라서 출입하질 않아서 잘은 모르지만."

"나도 아버님께 들은 적이 있군. 하도 오래전이라 잊고 있었어."

네 엘프가 이야기를 주고받았다.

그때 내가 말했다.

"한번 가까이 가서 확인해도 될까요?"

"그래."

콥이 실프를 시켜서 내 몸을 거미줄에 가까이 이동시켜 주었다. 나는 절벽에 손을 뻗어 돌출된 바위 끝부분을 잡고 힘껏 당겼다.

으드득!

원래 균열이 나 있던 바위라 내 힘에 일부가 부서졌다.

난 부서뜨린 바위조각을 거미줄로 던졌다.

출렁!

놀랍게도 거미줄은 바위를 탄성으로 튕겨냈다.

"아니?"

"저게 뭐야?"

엘프들이 깜짝 놀랐다.

본래 정상적인 거미줄이라면 바위조각이 달라붙어야 했다.

그대로 바위조각이 거미줄에 걸리든, 무게를 못 이기고 거미줄이 찢겨지든 해야 한다.

그런데 저 거미줄은 그렇지 않았다. 누군가가 인위적으로 거미줄의 점성을 없앤 것이다.

"흑마법사의 짓 같네요."

"저것이?"

"네, 누가 인위적으로 조치를 취하지 않으면 거미줄의 점성이 사라졌을 리가 없잖아요."

"그건 그렇지."

데릭은 내 말에 수긍했다.

"그리고 이걸로 확신한 건데, 요 아래가 본래 아라크네의 서식지였다고 하셨죠?"

"그랬지."

"직접 보진 못했지만."

엘프들이 답했다.

내가 결론을 내렸다.

"거기 살던 아라크네들이 흑마법사의 수중에 넘어간 것 같네요."


"아라크네를 손에 넣었다면 인간의 시체로 만든 좀비 따위보다 훨씬 강력한 언데드가 될 텐데, 왜 지금껏 쓰지 않았던 거냐?"

데릭이 물었다.

내가 말했다.

"그쪽도 전력을 발휘한 건 아니라는 거죠. 그리고 아라크네들은 다른 용도로 썼고요."

"다른 용도?"

난 거미줄을 가리켰다.

"점성 없는 거미줄을 왜 여기에 설치했을 것 같으세요?"

"……잘 모르겠군."

"재활용이에요."

내 말에 데릭의 두 눈이 크게 떠졌다. 내가 말을 이었다.

"이런 거미줄을 잔뜩 쳐두어서 추락하는 좀비들을 안전하게 받아낸 거예요. 시체를 온전히 보존해서 계속 공격에 써먹을 수 있도록 말이죠."

"……일단 한번 가보자."

데릭의 말에 콥은 다시 실프를 시켜 바람의 장벽을 거두었다.

우리는 다시 추락했다.

내 예상은 옳았다.

절벽 곳곳에 거미줄이 쳐져 있었다. 찢어진 거미줄이 많았는데, 그건 아마 어제 오딘의 활약으로 발생한 산사태 때문일 것이다.

"제기랄."

데릭이 보기 드물게 욕을 했다.

그럴 만도 했다.

지금까지 좀비들을 아래로 떨어뜨려 버리는 방식으로 싸워왔는데, 그 때문에 좀비 떼가 계속 공격해 올 수 있었던 것이니까.

"우린 진즉에 절벽 아래를 탐사했어야 했나 봐."

"그러게. 이걸 봤다면 더 빨리 조치를 취했을 텐데."

"빌어먹을. 그동안 헛짓거리를 했어. 놈들을 기어 올라오는 족족 산산조각을 냈어야 했는데."

엘프들이 한마디씩 자책과 탄식을 했다.

난 그런 그들을 격려했다.

"그건 아니라고 생각해요. 좀비들이 소모되지 않은 덕에 흑마법사가 계속 똑같은 공격을 반복했던 거예요."

모두들 의아한 얼굴로 날 보았다.

"그렇게 번 시간 동안 제가 생명의 나무를 회복시키고 작은 생명의 나무도 각성시킬 수 있었잖아요. 우리에게 큰 이득이었어요."

데릭이 고개를 끄덕였다.

"……그렇군. 시간은 우리의 편이었다는 건가."

"네."

"옳은 말이다. 생명의 나무가 두 그루나 생겨난 덕에 우리들의 힘이 더 강해졌으니까."

"호오, 그렇게 생각하니 정말로 헛수고가 아니었는데?"

"역시 킴이군."

"우리가 생각해 보지 못한 관점으로 상황을 파악하고 있어."

콥을 비롯한 베테랑 엘프들의 칭찬이 이어졌다.

나는 쑥스러워 몸 둘 바를 모르면서도 기분은 좋았다. 누군가에게 인정받는다는 건 정말 멋진 일이니까.

우리는 다시 추락해서 나아갔다.

그렇게 얼마나 지났을까.

"준비해라."

우리는 저마다 무기를 꺼내 들었다.

'어제 했던 실험을 확인할 좋은 기회야.'

나는 잔뜩 기대했다.

잠시 후, 마침내 지상에 도달했다. 정말 엄청난 높이의 낭떠러지였다.

"크아아아!"

"크르르르!"

좀비들이 들끓고 있었다. 인간의 시체로 만든 언데드가 득시글거렸다.

"아라크네는 없군."

데릭이 말했다.

내가 말했다.

"인간의 시체로 만든 좀비는 그냥 소모품이라는 거죠. 아마 흑마법사는 이미 이곳을 떠나지 않았을까요?"

"이미 떠났다?"

"예, 보세요. 좀비들의 숫자가 생각보다 많지 않죠? 어제 두 분이 좀비들을 형체도 안 남을 정도로 파괴하는 바람에 숫자가 크게 줄었을 거예요. 그 바람에 흑마법사도 더는 소모전을 지속할 수 없다고 생각하고 떠났겠죠."

"흐음, 그렇게 생각하는 편이 타당하겠군. 그럼 이 좀비들을 남긴 건……."

"마지막까지 우리를 방심시키려는 거겠죠. 이곳에 내려왔는데 아무것도 없으면 다른 방향에서 공격해 오겠구나, 하고 우리가 바로 눈치챌 테니까요."

그때, 콥이 외쳤다.

"저기 동굴이 있는데?"

모두들 콥이 가리킨 곳을 바라보았다. 정말로 협곡 안쪽에 동굴이 하나 있었다.

"저곳을 살펴봐야겠군."

"잠깐만요."

데릭을 내가 또 말렸다.

"뭐냐?"

"저 동굴, 여기 말고 다른 방면에 출구가 더 뚫려 있을까요?"

"모르겠군."

"만약 그렇지 않으면 굳이 살필 필요가 없어요. 우리가 들어 갔을 때를 대비해서 함정을 파놨을 가능성만 클 뿐이죠."

"킴의 말이 옳아. 내가 실프를 시켜서 안을 살펴보지."

콥이 나섰다.

데릭은 고개를 끄덕였다.

"그게 좋겠군."

콥의 실프가 동굴 안으로 들어갔다. 우리는 일단 절벽에 매달 린 채로 정찰 결과를 기다렸다.

이윽고 실프가 되돌아왔다.

콥은 실프와 모종의 교감을 나눴는지 고개를 끄덕이며 말했 다.

"킴 말대로야. 언데드가 된 아라크네 9마리만 있었다는군."

"실프와 대화를 나누실 수 있는 건가요?"

내가 묻자 콥은 웃었다.

"중급 정령과는 정신적인 교감을 통해 소통할 수 있어."

"와······."

내 정령들도 그렇게만 된다면 정찰이나 명령을 내릴 때 한결 편해질 텐데. 정말 메인스킬을 꾸준히 올려야겠구나.

"그 외에 다른 건 없었나?"

데릭의 물음에 콥은 고개를 끄덕였다.

데릭은 잠시 고민하는 기색을 띠더니 결정을 내렸다.

"모두 정리하고 가자. 그래도 이것들을 그냥 놔두면 나중에 흑마법사가 또 이용할 수 있으니까."

"동감이야."

"저 정도야 쉽지."

"전력으로 단숨에 해치운다."

그러면서 데릭이 카사를 소환했다.

거대한 불의 거인이 나타나 데릭과 동화되었다. 카사가 스며든 데릭의 온몸에서 푸른 불길이 모락모락 흘러나왔다.

다른 엘프들도 무기와 함께 각자의 정령을 소환했다.

"실프, 카사!"

─냐앙.

─멍!

나 또한 귀여운 두 정령을 소환하고 쌍권총도 꺼냈다.

"어제 연습한 것 알지? 그걸 써먹어보자."

실프와 카사는 고개를 끄덕였다.

전투가 시작되었다.

데릭은 한순간에 쌍검을 휘둘러 불길을 사방에 난사하였다.

화르르르르르륵─!

"크아아!"

"아아아아!"

"으어어어!"

순식간에 화염의 강에 휩싸여 잿더미로 화하는 좀비들!

나는 데릭이 죽이지 못한 좀비 조무래기에게 쌍권총을 발사했다.

탕! 탕! 타앙! 탕! 타앙!

발사될 때마다 쏘아진 탄환은 놀랍게도 좀비 두 마리의 두개
골을 일격에 꿰뚫고 그 뒤의 세 번째 좀비의 몸에 틀어박혔다.

한 발에 세 마리를 잡을 정도로 위력이 강화된 것이다!

'좋은데?'

나는 신이 나서 사방에 쌍권총을 난사했다.

반경 10m 이내의 모든 좀비가 우수수 내 총에 맞고 쓰러졌다.

어느새 절벽 아래 협곡에 남아 있는 좀비는 없게 되었다.

마지막으로 데릭은 동굴 안을 향해 검끝을 겨누었다.

"끝이다."

콰아아아!

검끝에서 발출된 화염이 동굴 안으로 쏘아져 들어갔다.

끼이익!

끼익!

삐이이익!

안에서 스산한 비명 소리가 울려 퍼졌다. 아마도 언데드 아라
크네가 불타는 소리이리라.

"이제 돌아가자."

순식간에 청소를 마치고 데릭은 귀환을 결정했다.

"빈손으로 가기는 아쉬우니 올라가면서 전리품이나 챙기자
고."

콥의 말에 데릭은 웃으며 고개를 끄덕였다.

"좋지."

"전리품이요?"

내가 물었다. 한 베테랑 엘프가 가르쳐 주었다.

"거미줄. 갖다 주면 여자들이 좋아할 거야. 좋은 옷감이거든."

"아!"

우리는 콥의 실프의 힘으로 올라가면서 절벽 여기저기에 설치된 거미줄을 수거하였다. 점성이 제거된 상태라서 쉽게 수거할 수 있었다.

'이걸로 셔츠를 만들어 입으면 끝내주겠네.'

칼이 들지 않는 엄청난 셔츠! 목숨을 몇 번은 살려줄 대단한 방어구가 될 것이다.

아라크네의 거미줄을 모두 수거해서 절벽에 되돌아오니 산더미처럼 쌓이게 되었다.

"생각보다 일찍 왔네?"

"와우, 이게 다 뭐야?"

"아내가 좋아하겠는데. 나도 조금 가져가도 되지?"

데릭이 손짓했다.

"다들 필요한 만큼 가져가."

"아자!"

"다들 챙기자고."

"너무 욕심 내지 마. 남으면 젊은 애들 것도 줘야지."

"킴, 너도 이리 와. 아참, 넌 만들어줄 여자가 없나?"

콥의 말에 나는 나직이 신음을 했다.

민정이가 보고 싶다! 아니, 물론 민정도 이걸로 옷감을 짜서 셔츠를 만들 솜씨는 없겠지만.

"내 아내가 만들어주면 돼. 킴, 뭘 만들고 싶지?"

데릭이 물었다.

역시 데릭!

그럼 연장자 어머니가 내 것까지 만들어주는 건가? 가장 연장자이시니 솜씨도 좋겠지?

"안에 입을 티셔츠요."

"좋은 선택이군. 알았다."

데릭은 내 몫까지 거미줄을 챙겨주었다. 그러고도 남은 거미줄은 다른 남자들에게 나눠주기로 했다.

"활 골무를 만들면 남자들에게 모두 돌아가겠군."

"그 정도면 됐지."

우리는 모두 마을로 귀환하기로 했다. 이제 이 절벽을 지킬 필요가 없어졌던 것이다.

일단 돌아가 쉬고 다시 방어선을 새로 구축하기로 했다.

나이 든 베테랑 전사 엘프들이 모두 돌아오자 어머니들이 달려왔다.

"여보!"

"다 같이 돌아오셨군요?"

"웬일로 일찍 오셨어요, 여보!"

"어서 오세요, 여보!"

그랬다.

당연하게도 그들의 반려는 200살 이상이 된 이 마을의 어머니들이었던 것이다.

연장자 어머니도 데릭에게 달려와 매달렸다.

"어머, 웬 거미줄? 그거 아라크네의 거미줄이에요?"

"그래."

"어머머, 이리 주세요. 좋은 거 만들어 드릴게요."

"부탁하지."

데릭이 가볍게 머리를 쓰다듬어 주자 무척 좋아하는 연장자 어머니였다.

미중년 부부의 정다운 모습에 나는 또다시 질투와 서러움이 밀려왔다.

"킴의 티셔츠도 부탁한다."

"아, 그래요. 킴은 반려가 없으니까."

'크흑.'

졸지에 솔로 취급을 당했다.

그런데 그때였다.

쪼르르 달려오는 자그마한 어린아이가 있었다. 몹시도 귀여운 소녀, 바로 엘리스였다.

엘리스는 연장자 어머니의 바지자락을 꼬옥 잡고 흔들었다.

"왜 그러니 엘리스?"

엘리스는 거미줄을 가리켰다.

"이거? 이건 데릭과 킴에게 옷을 지어줄 옷감인…… 아하!"

연장자 어머니는 뭔가를 깨달았는지 거미줄 한 아름을 엘리스에게 주었다.

"잘 만들어보렴. 킴은 티셔츠를 원한다."

"헤헤헤."

날 보며 배시시 웃어 보인 엘리스는 거미줄을 양팔로 꼬옥 끌어안고 사라졌다.

난 넋을 잃고 멍하니 서 있을 뿐이었다. 데릭의 중얼거림이 내 멘탈을 일깨웠다.

"그러고 보니 나이는 비슷하군."

"네?!"

"킴, 넌 몇 살이니?"

연장자 어머니가 물었다.

"저 29세요."

오해하지 마시라. 한국 나이는 서른인데, 아직 만으로는 29세다!

"역시 비슷하군. 엘리스는 올해 31세다."

"컥!"

데릭의 말에 나는 신음했다.

'그, 그렇구나.'

엘프의 수명은 인간의 3배였다. 겉보기는 어려 보여도 실제 나이는 외모의 3배쯤 될 것이다.

"그, 그럼, 제 거미줄을 가져간 것은……."

"네게 옷을 지어주려는 것이지."

"커억!"

보통 남자에게 옷을 지어주는 건 반려자의 역할인 것으로 보였다. 그런데 내 옷을 엘리스가 지어준다는 것은…….

"아, 안 돼! 안 되는데!"

"안 될 게 뭐가 있나."

"안 된다고요! 전 인간이고 이미 여자도 있고……!"

"문제 될 게 전혀 없다. 넌 우리의 가족이니까."

"크아아아! 안 되는데!"

환청처럼 귓가에 들리는 철컹철컹 소리를 떨쳐내기 위해 나는 미친 듯이 생명의 나무 위로 달려 올라갔다.


무언가로부터 도망치듯이 생명의 나무를 기어오르는 김현호를 보며 데릭이 말했다.

"우리 엘프들에게 옷을 지어주는 건 고마움의 표현인데, 오해를 한 것 같군."

"호호호, 반려자에게 옷을 지어주는 걸로 착각했나 봐요."

일반적으로 엘프들에게 있어 옷을 지어준다는 건 고마움의 표현이었다.

아내들이 남편에게 옷을 해주는 건 간단했다. 일반적으로 가장 고마운 존재는 삶을 함께해 준 반려자이기 때문이다.

"재미있으니 그냥 놔둡시다."

"아이, 어쩜 제 마음을 그리도 잘 아세요?"

"부부잖소."

"호호호."

이 마을에서 가장 나이가 많은 잉꼬부부는 오늘도 정다워 보였다.

# 6장

부흥

6회차 시험이 시작된 지 2개월째.

그동안 해프닝이 하나 있었다.

엘리스가 티셔츠를 지어주었다. 어린 나이인데도 참 대단한 솜씨였다. 원래 엘프는 다 이런가?

아무튼 내가 받을 수 없다고 거절하자 엘리스는 엉엉 울며 어디론가 달려갔고, 잠시 후 잔뜩 화난 언니 엘라와 함께 돌아왔다.

화난 엘라에게 한참을 털린 뒤에야 내 오해를 깨달았다.

삐친 엘리스를 달래주기 위해서 나는 바이올린을 꺼내 바흐의 미뉴에트를 연주해 주었다.

언제 울었냐는 듯이 뚝 그치고는 내 연주에 넋을 놓는 엘리스였다.

그런데 연주가 끝나고 나니 마을의 모든 엘프가 나를 포위한 상태.

결국은 스즈키 바이올린 교본을 3권까지밖에 배우지 못한 실력으로 한바탕 연주회를 치러야 했다.

물론 보통은 이 정도까지도 몇 년은 걸려야 정상이라더라.

아무튼 그때부터 엘프 마을에 악기 열풍이 불어닥쳤다.

"정말 아름다운 선율이군!"

"우리도 저런 악기를 하나 만들자!"

악기라고는 풀피리밖에 몰랐던 엘프들은 바이올린과 비슷한 악기를 만들기 위해 혈안이 되었다. 그리고 놀랍게도 한 젊은 여성 엘프가 쟁(箏)과 비슷한 현악기를 만들어내고야 말았다.

엘븐하프라 명명된 그 악기는 순식간에 보급되어 엘프 마을에 음악이 끊이지 않게 되었다.

특히 남자들이 음악을 듣는 걸 좋아해서 연주는 엘프 여성의 필수 덕목이 되었다나?

'정말 무서운 엘프들이다.'

뭐 하나 가르쳐 줘도 파급효과가 장난이 아니다.

다시 한 번 다짐하지만 절대 도박은 가르쳐 주지 말아야지.

그렇듯 언데드의 침공도 없어서 한가로운 하루하루가 이어졌는데, 그동안 나는 정령술로 새롭게 위력을 더한 사격술을 창안했다.

바로 탄환의 회전력을 극대화해 관통력을 높이는 것!

보통 총기류는 나선형으로 홈이 파여져 있어 발사되는 탄환이 그것을 따라 회전하며 날게 된다.

실프가 그 발사 순간에 회전력을 더하여 탄환이 엄청난 스크루를 그리게 만든 것이다.

위력을 실험해 봤더니 놀랍게도 탄환이 바위를 파고들었다.

보통은 바위에 튕겨 나가야 정상인데 말이다.

엄청난 관통력!

'이 정도면 가까운 거리에서는 보통 총이 안 통한다는 상대에게도 통하지 않을까?'

상식을 훨씬 뛰어넘는 위력이었다.

10m 이내의 근거리에서 이런 총탄에 맞으면 방탄복도 뚫리지 않을까 싶을 정도였다.

바로 이거다.

아레나에서 살아남으려면 이런 방향으로 내 능력을 발전시켜 나가야 하는 것이다. 편리한 무기에 의존하지 않고, 메인스킬과 결합하여 시너지를 내는 방향 말이다.

새로운 사격술도 개발해 내고 마음이 여유로워진 나는 엘프들의 문제에 다시 시선을 돌리게 되었다.

언제, 어디서 침공해 올지 모르는 언데드 군단.

현재 광범위한 수색망을 가동하여서 철통같이 경계하고 있지만, 막상 정면으로 붙게 된다면 어찌 될지 알 수가 없었다.

'엘프들은 뛰어나지만 역시 숫자가 적다는 게 아쉬워.'

데릭으로 대표되는 200살 이상의 베테랑 전사 엘프의 숫자가 겨우 34명.

제이크를 비롯한 젊은 남성 엘프는 97명이었다.

어머니들과 젊은 여성의 숫자도 그와 비슷했다. 그녀들도 유사시에는 싸울 수 있는 전력이지만 그래도 전력상의 아쉬움은 여전했다.

'갈색산맥을 전부 영역으로 삼고 관리하기에는 부족한 숫자지.'

나는 한 가지 아이디어가 떠올라서 연장자 어머니에게 조용히 물어보았다.

"혹시 갈색산맥에 엘프들의 마을이 하나 더 들어선다면 어떻겠어요?"

"마을이 하나 더?"

"예, 역시 그건 안 되나요?"

"안 될 게 있겠니? 갈색산맥은 광활한 곳이라 더 많은 엘프가 살아도 넉넉하게 살 수 있단다."

"다른 지역에 생명의 나무가 쇠락하는 바람에 힘이 약해져 인간들에게 노려지는 엘프들이 있지 않을까요?"

"있을 게다. 요번에 노예 생활을 하다가 온 아이들도 그런 경우고. 생명의 나무만 멀쩡하다면 엘프들이 그렇게 인간의 악의에 순순히 당할 일은 없었을 텐데."

연장자 어머니는 안타까운 얼굴이 되었다.

내가 말했다.

"그럼 그렇게 보금자리를 잃은 엘프들을 이리로 불러들여 마을을 새로 형성하게 하면 어떨까요?"

"엘프의 마을에는 반드시 생명의 나무가 있어야…… 아!"

연장자 어머니는 뭔가를 깨달은 표정이 되었다.

나 역시 알고 있다.

엘프들의 마을은 그 중심부에 반드시 생명의 나무가 있어야 한다는 것을. 그것이 대자연의 힘을 공급해 줄 뿐만 아니라 정신적인 지주도 되는 것이다.

근데 이 갈색산맥에는 생명의 나무가 또 하나 있지 않은가?

"남서쪽에서 새롭게 자라고 있는 작은 생명의 나무를 중심으로요."

"그래, 그 작은 생명의 나무도 네 덕에 하루가 다르게 잘 자라고 있다는 얘기를 들었다."

"엘프 마을이 하나 더 생기면 그만큼 숫자도 늘어나니 언데드 군단이 침공해도 여유 있게 격퇴할 수 있을 겁니다."

"좋은 생각이다. 일단은 노예 생활을 하다가 온 아이들에게 물어보마."

그 뒤로는 일사천리였다.

노예 출신의 엘프 10인 중에 어머니들의 모임에 새로 끼게 된 나이 든 여성 엘프도 3명이나 있었던 덕분이다.

"생명의 나무가 알 수 없는 이유로 시들어 버렸고, 우리는 인간의 침략을 피해 깊숙이 숨어야 했어요."

"저도 같은 마을 출신이에요. 혹시나 싶어 생명의 나무를 다시 살피러 갔다가 거기에 잠복한 인간들에게……."

이 두 어머니는 같은 마을 출신인 모양이었다.

"이상하네요. 우리 마을도 비슷한 일이 벌어졌어요."

이야기를 모두 들어본 나는 연장자 어머니에게 내 추측을 설명했다.

"아마도 사악한 흑마법사들의 음모가 전 대륙의 엘프들을 상대로 벌어지고 있는 게 아닐까 싶습니다."

"우리를 공격하는 흑마법사들이?"

"네, 그들은 어떤 흑마법과 관련한 이유로 생명의 나무를 집중적으로 노리는 겁니다."

내가 계속 설명했다.

"엘프 노예가 비싸게 팔리니 가까운 지역의 영주를 쉽게 꼬드겨서 힘을 빌릴 수 있죠. 흑마법사들이 어떤 술법으로 생명의 나무를 시들게 만들면 영주의 군대가 습격해 엘프들을 잡아가는 패턴이죠."

"이런 못된! 여태껏 그런 짓을 계속해 왔고, 이제 우리의 차례가 된 게로구나!"

"네, 물론 추측이니 확신할 수는 없습니다."

연장자 어머니는 매우 분개해했다.

"놈들이 생명의 나무를 노리고 있다는 것만은 확실해 보인다. 그런 이상 놈들은 우리의 철천지원수다."

"동감입니다."

"다행히 우리는 네 덕에 생명의 나무를 무사히 보전할 수 있었구나. 정말 다행이야."

연장자 어머니는 따스한 시선으로 날 바라보았다.

"네 의견에 따르겠다. 같은 엘프로서 그렇게 곤경에 처한 동족을 모른 척할 수야 있겠니? 우리가 그들을 갈색산맥으로 데려와야겠어."

"생명의 나무의 자질을 가진 나무가 갈색산맥에 더 있다고 했는데, 그것들도 제 힘으로 키울 수 있지 않을까 싶습니다."

"네 능력이라면 당연히 할 수 있겠지! 그럼……."

"생명의 나무 한 그루당 마을도 하나씩. 갈색산맥에 엘프 마을이 여러 개 생기면 그야말로 갈색산맥이 누구도 침범할 수 없는 엘프의 낙원이 되지 않을까요?"

"대단하구나! 모두 모여 힘을 합하면 아무도 우릴 어쩌지 못할 거야."

어머니들은 토론 끝에 내 의견에 따르기로 했다.

일단은 노예 출신의 어머니 셋 중 두 사람의 마을 엘프들부터 구하기로 했다.

"그 일은 내가 나서야겠군."

데릭이 나섰다.

갈색산맥 밖으로 나가야 하는 임무였다. 엘프들을 데리고 인간의 땅을 가로질러 이곳까지 와야 하는 위험천만한 임무이니만큼 최강의 전사인 데릭이 나설 수밖에 없었다.

데릭은 베테랑 전사 2인을 더 뽑고, 경험을 심어주기 위해 젊은 남성 엘프 3인을 더 뽑았다.

나는 데릭에게 당부했다.

"되도록이면 오딘의 영지를 이용하는 편이 좋을 거예요."

"그의 도움을 받겠다. 우호관계를 맺었으니 편의를 봐주겠지."

나는 생명의 나무에 불꽃을 줘야 하기 때문에 따라갈 수가 없었다.

노예 생활을 했던 어머니 2인도 길잡이로서 합류했고, 그렇게 데릭 일행은 출발했다.

＊　　　＊　　　＊

"이 나무를 정말 우리에게 맡겨주신다고요?!"

나이 든 여성 엘프들의 얼굴에 감격이 어렸다.

데릭은 2개월이 조금 안 되는 기간 만에 임무를 완수했다.

마을을 잃고 숲 속 깊숙이에 숨어서 살아야 했던 엘프들을 이리로 안전하게 데려온 것이다.

중간에 엘프 사냥꾼 무리를 세 번이나 만났지만, 모두 데릭이 격파했다고 한다.

그렇게 갈색산맥에 새롭게 온 100명이 약간 안 되는 엘프들에게 작은 생명의 나무를 새로운 보금자리로 지정해 주었다.

"아직 나무가 한참 덜 자라서 마을의 중심으로 삼기에는 부족하긴 할 거예요."

연장자 어머니가 말했다.

새로운 마을의 어머니들은 손사래를 쳤다.

"그렇지 않아요! 아직 덜 자란 만큼 가능성도 무궁무진하죠. 게다가 아직 작아도 어엿한 생명의 나무인걸요."

"우리에게 새로운 보금자리를 마련해 주셔서 정말 감사해요!"

그렇게 엘프 마을이 하나 더 들어섰다.

마을을 구분하기 위해 새롭게 생긴 이 마을을 '소나무 마을'이라 이름 지었다. 우리 마을은 '느티나무 마을'이고 말이다.

소나무 마을이 생긴 덕에 순찰 부담이 한결 줄어들었다.

소나무 마을의 전사들은 생명의 나무 덕에 힘을 조금씩 회복하고 있었고, 그들은 새롭게 얻은 보금자리를 지키기 위해 열심이었다.

'좋아, 이걸로 전력이 크게 상승했다.'

얼떨결에 떠올린 내 계획이 대성공을 이루었다.

'이런 식으로 마을을 더 만들 수 있다면 어떨까?'

생명의 나무를 또 하나 키워내서 마을을 만든다면?

그땐 언데드 무리를 조종하는 흑마법사들의 음모를 문제없이 격퇴할 수 있다.

나는 손도 안 대고 이번 시험을 완벽하게 클리어하는 것이다!

'이래서 사람은 머리를 써야 하는 거야!'

직접 피 터지게 싸우지 않아도 시험 클리어에 중요한 역할을 맡을 수 있지 않은가!

"한 그루를 더 키우죠!"

난 어머니들에게 달려가 주장했다.

어머니들은 이미 내 원대한 계획을 알고 있었기에 쌍수를 들고 환영했다.

"당분간은 네 힘을 새로운 생명의 나무를 만드는 데 집중하자꾸나."

연장자 어머니가 말했다.

"북서쪽에 생명의 나무의 자질을 가진 단풍나무가 있다. 위치상으로 고려했을 때 그게 적절할 것 같아."

"그럼 이번에는 단풍나무 마을이 탄생하겠네요."

"호호호, 그렇겠구나."

일명 단풍나무 마을 프로젝트.

나는 생명의 불꽃 2개를 만들어서 북서쪽으로 순찰을 가는 엘프들에게 맡겼다.

나는 느티나무 마을의 거대한 생명의 나무 위에서 수련을 하며 시간을 보냈다.

정령술과 운동신경의 스킬 레벨을 올리는 데 집중할 생각이었다.

머리만 잘 쓰면 제자리에 앉아서 이번 시험을 클리어할 수 있거든.

그렇게 단풍나무 마을 프로젝트를 시작한 지 보름쯤 지났을 때였다.

정령술이나 바이올린 연습으로 수련하던 운동신경이 아닌, 엉뚱한 스킬이 올랐다.


─생명의 불꽃(합성스킬): 생명의 불꽃을 불어넣어 생명력을 북돋습니다. 하루 2회만 사용 가능합니다.

*중급 2레벨: 원기회복, 노화방지, 질병 및 저주 치료에 효과.


'헐?'

생각해 보니 이상할 것 없었다.

매일 2개씩 꼬박꼬박 펼쳤는데 스킬 레벨이 오르지 않을 수 없는 것이다.

'혹시 스킬을 사용해서 큰 효과를 볼수록 스킬 레벨이 오르는 게 아닐까?'

RPG게임에서도 몬스터에게 강한 타격을 줄수록 경험치를 많이 먹지 않은가.

나는 스킬 훈련의 새로운 패러다임을 발견한 기분이 들었다.

*      *      *

생명의 불꽃이 중급 2레벨로 오른 것은 적잖이 기쁜 소식이었다.

그 뒤로 단풍나무 마을 프로젝트는 가속화되었다.

매일 생명의 불꽃 2개씩을 먹으며 단풍나무는 대나무 죽순처럼 쭉쭉 자랐다.

중급 2레벨짜리 효과가 매일 들어가니 생명력이 넘쳐흐르는 것은 당연했다.

'12개월이라……'

시험은 12개월간 갈색산맥의 엘프를 지키는 것. 이제 겨우 4개월이 지났을 뿐이었다.

그사이 많은 효과를 거두었다.

일단은 절벽 아래로 탐사하여 흑마법사의 동향을 파악하고 남은 좀비들을 격멸시켰다. 그리고 외지의 오갈 데 없는 엘프들을 불러들여 소나무 마을을 탄생시켰다.

100여 명 규모의 이 작은 마을은 이제 막 생명의 나무로서 자라기 시작한 소나무를 목숨처럼 아끼며 가꾸어 나갔다.

뿐만 아니라 느티나무 마을의 베테랑 전사들과 협력하여서 언데드 군단의 침공을 대비한 강력한 방어망을 형성하였다.

그들은 간신히 얻은 새로운 보금자리를 절대로 잃지 않겠다는 각오였다.

잘 자라고 있는 생명의 나무와 함께 힘을 잃었던 소나무 마을의 전사들도 서서히 회복 중이라고 했다.

'단풍나무만 어서 생명의 나무로 깨어나고 마을을 하나 더 유치한다면!'

나는 그야말로 앉은자리에서 시험을 클리어하게 되는 것이다.

이제 내가 바라는 것은 딱 하나였다.

'단풍나무 마을이 형성될 때까지 싸움이 일어나지 않았으면 좋겠다.'

흑마법사도 좀비 떼를 절벽에서 거의 소진하였으니, 새롭게 언데드 군세를 꾸리는 데 시간이 필요할 거라는 게 내 추측이었다.

시험 기간 12개월.

아마 본격적인 전쟁은 후반부터라 생각된다. 12개월 내내 주구장창 싸우라는 시험을 내지는 않았을 테니까.

'오딘도 지난번 시험은 1년간의 전쟁 준비였다고 하잖아.'

내가 얼마나 잘 준비를 하느냐를 평가하는 시험일 터였다. 물론 추측일 뿐이고 실제로 어찌 될지는 모르는 일이지만.

1개월이 더 지나서 5개월째에 접어들었을 무렵, 기쁜 소식이 전해졌다.

"단풍나무가 생명의 나무로서 성장 방향이 자리 잡았다."

"벌써요?"

내가 놀라워하자 데릭이 보기 드물게 기쁜 감정을 표정에 드러냈다.

"그래, 네 불꽃을 듬뿍듬뿍 먹고 잘도 성장하고 있지."

"음, 엘프 마을의 중심으로 삼기에는 어떤가요? 아직 많이 부족하지는 않나요?"

"부족하긴 하지만 이미 생명의 나무를 잃은 엘프들에게는 그런 걸 가릴 처지가 아니지. 생명의 나무 자질을 가진 나무는 찾기 어렵지 않아도, 자질을 각성해서 제대로 자라기 시작한 나무는 찾기가 매우 어렵다."

흐음, 게다가 이곳 갈색산맥은 이미 엘프 마을이 두 개나 있어서 동족끼리 서로를 보호할 수 있는 안전한 지역.

새로운 마을, 즉 단풍나무 마을을 유치한다면 분명 엘프들이 이리로 이주할 것이다.

"그럼 이제 새로운 마을을 유치해 볼까요?"

"그러지."

우리는 이 소식을 느티나무 마을의 어머니들께 전했다.

"그렇다면 소나무 마을처럼 갈 곳을 잃은 이들을 찾아보자꾸나."

연장자 어머니가 기뻐하며 말했다.

노예 생활을 했던 엘프 8명을 불러 모아서 출신 마을의 엘프들이 어디에서 숨어사는지 아느냐고 물었다.

"제가 숨어 살던 은신처에 우리 마을의 엘프가 34명 있었어요. 그것도 7년 전의 일이라 이젠 숫자가 얼마나 줄었을지……."

어머니들의 새 멤버가 된 노예 출신의 어머니가 한 마을이었다.

"우리 마을은 이미 숨어 살던 곳을 인간들에게 습격당했소."

성인 엘프 2인 중 한 명이 말했다.

그런데 다른 한 사람이 말했다.

"난 정찰 중에 습격을 받았었소. 우리의 은신처가 아직 들키지 않았거나, 새로운 은신처로 무사히 피난을 갔다면 41명이 그 숲에 있을 거요."

나머지 어린 엘프 5명은 이미 숨어 살던 엘프들까지 전부 인간에게 잡혀 버린 경우였다.

'제길.'

이들의 말을 들을수록 인간의 야만과 악함에 대한 분노가 강해진다.

'탐욕스러운 새끼들. 그냥 서로 사이좋게 지내면 어디가 덧나는 거냐.'

지구에서도 남의 민족을 노예로 삼고 식민지로 만들어버린 야만의 역사가 있었다. 인간은 별수 없는 이기적인 동물인가 싶었다.

"두 군데에서 모두 동족들을 찾아 데려오도록 하자."

연장자 어머니가 결정을 내렸다.

어머니들도 당연하다는 듯이 고개를 끄덕이며 동의했다.

둘 중 하나만 선택한다는 선택지는 없었다. 어느 한 쪽을 외면할 수 없었기 때문이었다.

한 쪽은 데릭이 맡았고, 다른 한 쪽은 그 못잖은 베테랑 전사인 콥이 맡았다.

그렇게 새로운 마을을 유치하기 위한 두 팀이 출발했다.

'잘되기를!'

그들이 무사 귀환할 동안, 나는 평소와 다름없이 생명의 불꽃을 만들고 스킬 수련을 했다.

단풍나무가 생명의 나무로 각성을 했기 때문에 이제는 불꽃을 하나만 주고, 다른 하나는 소나무 마을에 전달했다.

소나무 마을은 굉장히 고마워했다.

보름이 지났을 때, 오딘으로부터 서신이 왔다.

울펜부르크 백작가에서 왔다는 사람은 내게 서신을 전해준 뒤에 곧바로 떠났다.


재미있는 계획을 진행하고 있더구려. 엘프 유민들이 안전하게 이주할 수 있도록 나 역시 최선을 다해 협조하고 있소. 그대의 계획대로 된다면 언데드의 침공은 걱정할 필요가 없어질 것 같소.

나는 현재 바스티앙 자작가와 전쟁 중에 있소. 실버 씨족이라는 라이칸스로프 놈들도 인간으로 변장하여 그들을 돕는 눈치요.

하지만 그들은 내 상대가 되지 않소. 나를 두려워하여 전면전을 피하고 있지만, 아마 3개월 내로 결판을 지을 수 있을 것 같소.

전쟁이 끝나는 대로 그쪽을 돕도록 하겠소. 우리는 우호관계이니 말이오.

—오딘


역시 딸 벨라를 치료해 준 덕분인가. 오딘은 성심껏 나에게 협조를 해주고 있었다.

아무튼 오딘이 전쟁에서 이기고 있다니 한시름 덜었다.

'그나저나 실버 씨족 놈들, 나날이 간이 부어가는구나.'

나는 레온 실버를 떠올렸다.

준호, 혜수, 강천성을 잃었던 그날은 레온 실버가 그렇게 두려울 수가 없었다.

라이칸스로프라는 것이 믿겨지지 않는 깨어 있는 지혜와 카리스마를 가진 존재.

하지만 지금 보니 그는 그때의 인상처럼 두려운 존재가 아니었다.

그는 지혜롭지 않다.

인간의 문물과 방식을 받아들이면서 씨족을 강화시키는 것은 인상 깊었으나 우물 안의 개구리였다.

'세상을 모르는 오만함이지.'

기본적으로 자기 스스로를 절대강자로 알고 있는 것이 레온 실버의 가장 큰 패착이다.

아마 조만간 그는 크게 쓴맛을 보게 되리라.

'기회가 된다면 그 전에 내 손으로 끝장을 내고 싶다.'

이제는 나도 몰라보게 성장했다. 실버 씨족과 단독으로 붙어도 어느 정도 자신이 있다.

동료들의 복수를 내 손으로 직접 해야 한이 풀릴 것 같다.

'이번 시험에서 언데드의 침공을 물리치고 나서 어느 정도 여유가 생기면 그놈들을 찾아가 봐야지.'

물론 난 무모하지 않으니 혈혈단신으로 찾아가지 않는다.

제이크쯤 되는 전사 한둘만 데리고 가면 충분할 것 같다.

*　　　*　　　*

시험 시작 7개월째.

데릭과 콥의 팀이 돌아왔다.

데릭 팀은 31명의 엘프 유민을 데려왔고, 콥의 팀은 26명만이 살아남은 엘프 유민을 이끌고 왔다.

숫자가 적었으므로 두 무리를 단풍나무에서 함께 살도록 권했고, 그들은 당연히도 승낙했다.

"정말로 생명의 나무로군요!"

"작지만 잘 자라고 있어!"

"강한 생명의 힘이 느껴집니다. 흐흑, 이 얼마나 아름다운지……!"

엘프들은 생명의 나무로 각성하여 무럭무럭 자라는 단풍나무를 보며 감격하였다. 엘프들에게 생명의 나무가 얼마나 소중한 것인지 보여주는 모습이었다.

'이렇게 소중히 여기는 것을 빼앗으려 하다니.'

흑마법사란 놈들이 다시 한 번 괘씸해진다.

인간이란 대체 얼마나 많은 아픔을 양산해야 직성이 풀린단 말인가.

'전부 격퇴해 주마.'

아무튼 그렇게 57명의 엘프로 이루어진 단풍나무 마을이 북서쪽에 탄생했다.

느티나무 마을.

소나무 마을.

그리고 단풍나무 마을.

본래 갈색산맥의 주인이었던 느티나무 마을을 종주가 되고, 소나무 마을과 단풍나무 마을이 협력하는 체계가 완성된 것이다.

어찌 보면 소나무 마을과 단풍나무 마을을 언데드 침공의 방어벽으로 삼은 셈이었다.

하지만 두 마을도 전혀 기분 나빠하지 않았다.

언데드의 습격이 있을지도 모른다는 사실을 사전에 듣고도 내린 선택이었고, 무엇보다 생명의 나무를 얻었다는 것에 매우 만족해했다.

심지어 단풍나무 마을에서는 새로운 의견을 제시했다.

"우리가 살펴보니 갈색산맥에 생명의 나무의 자질을 가진 나무가 아직 두 그루나 더 있었어요."

"그것들도 생명의 나무로 키워낸 후에 우리와 비슷한 처지에 놓인 동족을 찾아 데려오는 게 어떨까요?"

단풍나무 마을의 어머니들 몇이 대표로 찾아와 우리에게 제시한 의견이었다.

느티나무 마을의 최고 어른인 연장자 어머니가 물었다.

"그런 안 된 처지에 놓인 동족들에 대해 아는 바가 있나요?"

"네, 풍문으로만 들었기 때문에 한번 찾아봐야 하지만요."

느티나무 마을의 어머니들이 그 의제를 놓고 장시간 회의를 시작했다.

회의랄까…….

무서운 수다였다.

수다 끝에 연장자 어머니가 결정을 내렸다.

"우리와 우호를 맺은 울펜부르크 백작의 도움을 받겠습니다."

그녀의 의견은 이러했다.

울펜부르크 백작가에 엘프들을 파견해서 오딘의 전쟁을 돕기도 하면서 숨은 동족들을 수소문하는 임무를 맡기는 것이었다.

"동족들을 찾아 데려오는 대로 규모가 작으면 단풍나무 마을에 편입시키죠. 그리고 킴."

"네, 어머님."

"불꽃을 두 개 만들 수 있었지? 하나는 계속 단풍나무 마을에 주고, 다른 하나는 새로운 생명의 나무를 키워내는 데 쓰자꾸나."

"알겠습니다."

일단은 오딘에게 우리의 뜻에 협조해 줄 것인지 의향을 물어보아야 했다.

베테랑 전사 콥이 울펜부르크 백작가로 갔다. 그는 실프를 타고 빠르게 날아가 오딘의 의사를 듣고 돌아왔다.

"허락하겠다는구려."

콥의 말에 연장자 어머니는 즉시 계획을 실행시켰다.

오딘이 바스티앙 자작가와 치르는 전쟁에 참전하기도 하는 위험한 임무라, 콥을 비롯하여 베테랑 전사 5인이 편성되었다.

데릭은 언제 시작될지 모르는 언데드와의 싸움에 대비해 갈색산맥에 남았다.

그렇게 울펜부르크 백작가로 간 콥의 팀은 떠난 지 불과 열흘 만에 성과를 가져왔다.

"파렴치한 바스티앙 놈들이 우리 동족을 9명이나 노예로 삼고 있더군."

놀랍게도 콥의 팀은 바스티앙 자작가의 저택을 습격한 모양이었다.

거기서 바스티앙 자작가의 식솔 5명을 암살하고 노예로 있딘 엘프 9명을 구출하는 엄청난 전과를 세웠다.

덕분에 바스티앙 자작가가 혼란에 휩싸여 오딘도 크게 기뻐했다고 했다.

'정말 대단하구나, 베테랑 전사들은!'

그렇게 구출해 낸 엘프 9명은 소나무 마을과 단풍나무 마을에 나눠서 보냈다.

모두 단풍나무 마을에 보내려 했는데, 그중 2명이 놀랍게도 소나무 마을 엘프들과 같은 출신이었던 것이다.

소나무 마을은 잃었던 마을의 가족 2명과 재회하여 감격의 울음바다가 되었다고 한다.

그렇게 갈색산맥의 엘프들은 위기를 기회로 부흥을 맞이하고 있었다.

# 7장

침공

8개월째에 이르렀을 때, 마침내 수상한 동향이 포착되었다.

"각종 괴물의 흔적이 포착되었소."

소나무 마을의 전사가 와서 소식을 알려주었다.

데릭이 마을로 돌아왔다. 휴식 시간이었던 베테랑 전사들도 참석하여서 어머니들과 회의를 열었다.

생명의 나무 위에서 바이올린 연습을 하던 나도 거기에 불려 갔다.

새로운 마을을 유치시킨다는 아이디어도 나에게서 나왔고, 이미 엘프들 사이에서 나는 매우 비중 있는 조언자가 되었다.

"네 말대로 아라크네의 흔적이 가장 많았다고 한다. 무엇보다 대형 괴물이 그렇게 무리 지어 다닐 리는 없으니, 분명 조종받는 언데드들이라고 봐야 하지."

데릭이 말했다.

"그들이 모습을 드러냈다는 것은 이제 싸울 때가 됐다는 얘기겠네요. 단풍나무 마을에도 소식을 전했죠?"

"물론입니다."

연장자 어머니의 물음에 소나무 마을에서 온 전사가 고개를 끄덕였다.

회의를 쭉 하다가 데릭이 문득 나를 바라보았다.

"넌 어떻게 생각하느냐?"

데릭은 내 판단력을 많이 신뢰하는 눈치였다.

나는 일단 머릿속에 떠오르는 생각들을 정리했다.

모든 것은 힌트가 된다.

시험자가 되고서 깨달은 진리를 나는 늘 기억하고 일어나는 모든 사건에 주의를 기울여왔다.

이번 일도 마찬가지다.

녀석들이 모습을 드러냈다는 점에서 나는 무언가가 있다는 걸 알아차렸다.

그리고 꼬리에 꼬리를 무는 생각들……

"킴?"

데릭이 채근하자 내가 비로소 말했다.

"놈들이 잔꾀를 부리고 있습니다."

"잔꾀?"

"떠오른 게 있니?"

모두의 이목이 나에게 집중되었다.

내가 말했다.

"일부러 흔적을 보였다는 것에서 수상합니다. 왜 막 바로 습격을 해오지 않고 흔적만 보여준 걸까요?"

"그러고 보니……."

"정말 이상해요."

"공격하겠다고 미리 예고한 거나 다름없는데."

데릭이 물었다.

"그렇다면 이번에도 좀비 무리처럼 우리의 주의를 끌고 다른 수작을 부려올 거라는 뜻이구나."

"예, 아마 갈색산맥에 엘프가 많아져 전력이 보강되었음을 알아차렸겠죠. 정면 공격보다 무언가 다른 책략이 더 필요했을 겁니다."

"그게 무엇이냐?"

"조심스럽게 한 가지 추측을 해보았습니다."

"말해보렴."

연장자 어머니가 재촉했다.

나는 조심스럽게 내 생각을 말했다.

"전 대륙에 많은 엘프가 생명의 나무를 잃고 인간의 습격을 받은 점을 기억해 보십시오."

"기억할수록 화가 나는구나. 생명의 나무를 해한 것이 흑마법사들의 소행이라고 생각하면……!"

"어쩜 그렇게 못된 짓을!"

어머니들이 분노를 성토했다.

내 말이 이어졌다.

"인간의 군대는 엘프들을 노예로 잡아갔습니다. 살아 있는 엘프들을요. 그럼 싸우다가 죽는 엘프는 어떻게 된 걸까요?"

"……!"

"주, 죽은 동족들……!"

"설마!"

모두의 얼굴에 경악이 어렸다.

"만약 정말로 그 엘프들의 비극에 흑마법사가 관여했다면 같은 인간의 시체도 마구잡이로 좀비로 만드는 그놈들이 죽은 엘프를 보며 어떤 생각을 했을까요?"

"언데드로 만들었겠지……."

"나쁜 녀석들!"

"어떻게 그런 짓을……!"

모두가 분노했다. 나직이 흐느끼는 어머니들도 있을 정도였다.

나도 화가 나는데 같은 동족을 아끼는 엘프들은 어떻겠는가?

"대형 몬스터들의 흔적을 일부러 보여준 건 우리의 이목을 그쪽으로 돌릴 계획이군. 실제로는 보다 민첩하고 은밀히 움직일 수 있는 우리의 동족 언데드를 침투시키고……."

데릭의 말에 나는 고개를 끄덕였다.

"그렇습니다. 지금 즉시 모든 마을에 전해서 경고하고 우리들끼리 알아볼 수 있는 표식을 만들어야 합니다. 팔에 띠를 두른다든지 해서요."

"그게 좋겠구나. 모두 오른팔에 천으로 만든 띠를 매도록 하자. 여자들도 어린아이들도 모두."

연장자 어머니의 결정이 떨어졌다.

데릭이 자리에서 일어났다.

"난 단풍나무 마을에 이 사실을 알려 경고하겠소."

"저희 소나무 마을은 제가 돌아가서 알리겠습니다."

소나무 마을의 전사도 벌떡 일어났다.

그렇게 갈색산맥의 세 엘프 마을에 엘프 언데드 경고령이 떨어졌다.

모두들 오른팔에 띠를 맸고, 나 또한 그렇게 했다.

그리고 일주일 후, 내 예상은 맞아떨어졌다.

그날 데릭이 야간 순찰 중에 다섯 명으로 이루어진 엘프 무리를 발견, 오른팔에 띠가 없을 확인하고 즉시 척살했다고 한다.

데릭은 카사를 소환해 밤하늘에 불꽃을 쏘아 올려 모두에게 경계 신호를 보냈다. 그 신호를 시작으로 마을에서 쉬던 전사들까지 일제히 출격.

갈색산맥을 샅샅이 뒤지며 엘프 언데드를 찾아 사살했다.

무려 97명이나 되는 엘프 언데드가 그날 모조리 사살되었다. 그러고도 모자라 마을 주민을 한자리에 모아놓고 인원파악을 해서 숨어든 언데드가 없나 점검까지 마쳤다.

야밤에 벌어진 대규모 전투.

우리의 피해는 전무(全無).

미리 알고 준비하고 대응한 덕분에 거둔 완벽한 승리였다.

나 역시 작전에 참가했지만 싸움 한번 해보지 못했다.

다른 엘프 전사들이 워낙 열심히 움직이며 사냥한 덕분이었다.

하지만 승리의 기쁨을 만끽할 수는 없었다.

"으흐흐흑!"

"마크! 우리 마을의 마크야!"

"세라! 어쩌다 이렇게……!"

"나쁜 놈들!"

언데드가 된 엘프들 중 상당수가 소나무 마을과 단풍나무 마을 주민들의 가족이었다.

차마 눈 뜨고 볼 수가 없는 슬픈 모습들이 이어졌다.

아는 얼굴인 엘프들은 소나무 마을과 단풍나무 마을이 알아서 수습해 화장을 했고, 나머지는 세 마을의 중간 지점에 전부 화장에 재를 뿌렸다.

"다시는 이런 일이 일어나지 않도록 우리 모두 힘을 합쳐 위기를 헤쳐 나가요."

연장자 어머니가 세 마을 엘프가 모두 모인 자리에서 위로의 말을 했다.

그렇게 장례식이 끝나자 엘프들은 나에게 다가왔다.

"킴!"

"정말 훌륭했다."

"네가 아니었으면 큰일 날 뻔했어."

"정말 넌 우리들의 선물이군."

"대자연은 공평해. 못된 인간들을 세상에 낸 대신 너를 우리에게 선물했으니까."

"넌 역시 천재야!"

나는 수많은 찬사에 휩싸였다.

능력을 인정받아서 기쁘면서도 나는 한편으로는 억울함이 들었다.

'이렇게 다들 대단하고 똑똑하다는데, 왜 공무원 시험은 자꾸 떨어졌느냔 말이다!'

"아직 배를 안 굶어봐서 정신을 못 차린 거죠."

아기 천사의 진리의 한마디가 귓가에 어른거렸다.

\* \* \*

"어째서 실패한 거냐!"

퍼억!

지팡이로 나무를 후려치며 사내가 분노를 터뜨렸다.

어두운 갈색 계열의 더러운 로브를 쓰고 피부는 창백한 데다, 살아 있지 않은 것처럼 깡마른 중년 사내였다.

역정을 내는 깡마른 중년 사내를 앞에 두고, 로브 차림의 다른 두 젊은 남자는 어찌할 바를 모르며 고개를 조아렸다.

"그게……."

"아직 원인을 파악하지……."

"쓸모없는 놈들!"

중년 사내의 지팡이가 젊은 남자들에게 날아들었다.

퍼억! 퍽!

"크윽!"

"윽!"

남자들은 머리에 한 대씩 얻어맞고 피를 흘렸다.

"이곳에 쏟은 시간만 벌써 3년이 다 되어 간다! 3년! 다른 곳은 1, 2년 안에 끝났던 일을 여기서만 3년이란 말이다!"

중년 사내가 히스테리를 부리듯 말을 쏟아냈다.

"시들라고 저주를 건 생명의 나무는 왜 이전보다 더 멀쩡해졌으며, 이놈의 갈색산맥에 엘프들의 숫자는 왜 그 짧은 시간에 두 배 가까이 늘었어!"

"소, 송구합니다."

"죄송합니다!"

남자들은 쩔쩔매며 사죄부터 한다.

그 비굴한 모습이 중년 사내를 더욱 화나게 한 모양이었다.

"좀 생각을 하란 말이다! 왜 멍청한 엘프들이 갑자기 우리의 계획이란 계획은 모조리 꿰뚫고 대응하느냔 말이다!"

그들이 알던 엘프는 원래 이렇게 기민하고 판단력이 빠른 종족이 아니었다.

긴 수명만큼이나 느긋하고 경각심이 부족하다.

그래서 셋이서도 문제없이 가장 강성한 엘프들이 산다는 갈색산맥을 맡은 것이다.

처음에는 그들이 계획한 수순대로 척척 진행됐다.

생명의 나무에 저주를 걸었고, 엘프 사냥꾼들을 고용해 침투시켜서 엘프들의 이목을 돌렸다. 그러면서 흔한 인간의 시체로 만든 좀비 떼를 지속적으로 공격을 시켜서 엘프들의 힘을 뺐다.

좀비들만으로 공격했다가 어느 순간 대형 괴물 시체로 만든 언데드로 강력한 일격을 먹이면 된다.

생명의 나무를 잃고 힘이 빠진 엘프들은 그 일격을 막을 수 없을 터였다.

그런데 이게 어찌 된 일인지, 생명의 나무는 저주를 이기고 건강해졌다. 도리어 또 한 그루의 생명의 나무가 탄생하기까지 했다.

절벽을 공략하던 좀비들은 모두 잃고 말았다.

중년 사내는 좀비 떼를 이용한 공격의 실패를 작전의 일환이었다고 얼버무려 상부에 보고했다. 그리고 조바심이 들어서 아끼고 아꼈던 엘프 언데드를 전부 투입했다.

'그런데 이게 어찌 된 일이란 말이냐? 왜 실패한 거냐!'

하루 만에 엘프 언데드가 전멸했다.

흑마력이 감지되는 엘프 언데드가 한 구도 보이지 않았다.

단 하룻밤 사이에.

마치 기다렸다는 듯이 일제 대응한 엘프들이었다.

'나이 든 엘프 계집들이 이렇게 똑똑할 리가 없어!'

어머니들이라 불리는 나이 든 여성 엘프들은 길게 보는 안목에는 능하지만, 상황이 수시로 변하는 긴박한 상황에 취약하다.

덕분에 그들은 여태껏 모계사회로 이루어진 엘프들을 많이 공략했다. 그런데 이번에는 상대가 자신들보다 훨씬 날카롭고 기민했다.

엘프일 리가 없었다.

'그러고 보니 울펜부르크 백작 오딘이 엘프들과 동맹을 맺었지.'

마을을 잃은 엘프들이 대거 이주하는 것을 울펜부르크 백작가가 도와주었다.

반대로 소수의 강한 엘프들이 올펜부르크 백작가를 도와 바스티앙 자작가를 공격하기로 했다.

갈색산맥의 엘프들은 기존의 엘프들과 달리 인간과 손잡고 대응하는 것이었다. 그렇다면⋯⋯.

'인간이구나.'

엘프들에게 지혜를 주고 있는 인간이 있다.

아주 똑똑하고, 모든 엘프를 움직이게 할 정도로 신뢰받는 인간이 있다.

"스, 스승님."

"이제 상부에는 뭐라고 보고해야 할까요?"

쓸모없는 두 놈이 조심스럽게 물어왔다.

이딴 놈들을 제자로 둔 자신이 한심해지는 중년 사내였다.

"실패를 인정하고 새판을 짜야 한다고 순순히 실토해야지!"

"히익?!"

"그, 그럼 우리는⋯⋯!"

두 제자의 얼굴이 두려움으로 질려들었다.

"하지만 그냥 실패는 안 돼."

스승의 말이 이어졌다.

"뭔가 성과가 하나라도 있어야 그나마 용서를 받을 만한 면이 살지 않으냐!"

"어떤 성과를 말씀하시는지⋯⋯?"

"인간이다, 이 멍청한 놈들아!"

스승은 다시 지팡이를 휘둘러 제자들을 구타하며 소리쳤다.

"엘프들에게 지혜를 주고 있는 그 인간 놈이라고 제거해야지!"

"그런 자가 있습니까?"

"아…… 그래서 엘프들 저렇게 똑똑하게……."

한심한 제자들은 그 정도도 생각지 못했던 모양이었다.

스승이 소리쳤다.

"앞으로의 우리의 계획에 아주 큰 장애가 될 위험한 인물이라고! 그런데 다행히 우리가 제거했다고! 그렇게 되어야 내 체면이 산다! 가진 전부를 투입해서라도 그놈만큼은 없애 버려야해!"

"엘프 언데드도 잠입에 실패했을 정도인데 어떻게 암살을 해야 할까요?"

"분명 엘프들의 보호를 받고 있을 텐데……."

"멍청한 놈들아! 당연히 암살은 불가능하지!"

"그, 그럼?"

스승이 말했다.

"괴물들을 전부 투입해! 전면전이다. 전쟁의 혼란을 틈타야 그놈을 제거할 찬스가 온다."

＊　　　＊　　　＊

총공세가 시작되었다.

아라크네는 물론이고 온갖 대형 괴물이 대거 출현했다.

'놈들이 발악을 하는구나.'

그렇게밖에 생각할 수가 없었다.

계획이 전부 실패하니 이제는 이판사판이라는 식으로 총공격을 해왔으니까.

'아니면 뭔가 더 꿍꿍이가 있나?'

생각해 보면 그렇게 단순한 놈들이 아닐 거란 생각이 들었다.

생각해 봐라.

전 대륙에서 금지했다는 흑마법을 익힌 놈들이다.

얼마나 오랫동안 숨어 지내왔을 것이며, 그러면서 얼마나 신중한 성격이 되었을까?

그런 놈들이 아무 생각 없이 총공격?

어쩌면 그 틈을 타서 무언가를 노릴지도 모른다는 예감이 들었다.

'생명의 나무?'

당장 떠오르는 건 그것밖에 없었다.

하지만 그 말은 굳이 엘프들에게 경고할 필요가 없었다.

이미 각 마을마다 베테랑 전사가 두세 명씩 생명의 나무에 배치된 것이다. 목숨만큼이나 중요한 생명의 나무이니 당연한 조치였다.

"저도 싸우겠습니다."

"그냥 마을에 있으면 안 되겠니?"

연장자 어머니가 말렸다.

"우리 그이도 네 실력이 많이 늘었다고 칭찬한다만 그래도 넌 우리에게 아주 소중한 존재야."

"저도 남자입니다. 모두가 싸우는데 저라고 마을에 숨어 있을 수는 없죠."

"하지만……."

"굳이 싸우지 않아도 킴은 충분히 많은 활약을 했는걸."

"그래, 우리의 싸움이니 우리의 전사들에게 맡기지 그러니?"

"싸우다 죽기라도 하면 큰일인데."

어머니들이 하나같이 나를 걱정하며 말렸다.

내가 말했다.

"염려 마세요. 저 역시 제 목숨이 무엇보다 소중합니다. 조금이라도 낌새가 안 좋다 싶으면 도망치겠습니다."

연장자 어머니는 더는 날 말리지 못하고 수락했다.

"그럼 부디 조심하렴."

"네."

나는 격전이 벌어지는 곳으로 향했다.

싸움은 동시다발적으로 벌어지고 있었다. 놈들은 북서, 서, 남서 방면에서 침공해 왔다.

북서는 단풍나무 마을, 남서는 소나무 마을, 그리고 서쪽은 우리 느티나무 마을이 맡고 있었다.

물론 단풍나무 마을처럼 전력상 불리한 곳에는 느티나무 마을의 전사들이 원조를 갔다.

나는 데릭이 싸우는 서쪽으로 갔다.

느티나무 마을의 전사들의 활약이 아주 두드러졌다. 베테랑뿐만이 아니라 젊은 전사들도 움직임이 대단했다.

파앗!

순식간에 나무에 올라 화살을 쏘고, 두 발로 나뭇가지에 거꾸로 매달린 채 한 방 더 쏜다.

좌악! 좌악!

"끼익!"

"끼릭!"

아라크네들이 화살에 맞고 비틀거린다.

한 아라크네가 거미줄을 쏘았지만 젊은 남성 엘프는 재빨리 공중에서 몸을 비틀며 피했다.

'헐, 술래잡기의 효과냐!'

그랬다.

생명의 나무를 누비며 잡히지 않으려고 재빨리 몸을 내빼는 술래잡기의 효과가 여기서 나타나고 있었다.

술래잡기 훈련은 효과가 아주 확실했던 것이다!

'그럼 나도 수련의 효과를 봐야지!'

실프와 카사를 응용해 위력을 극대화한 사격술!

우선은 모신나강을 소환했다.

"실프, 카사, 알지?"

―냥!

―멍멍!

실프와 카사가 고개를 끄덕였다.

실프는 모신나강을 들고 장전한 뒤에 사격 자세를 잡았다. 그 곁에 카사도 나란히 섰다. 사진을 찍으면 차지혜가 좋아 기절할 장면이 나올 것 같았다.

두 정령의 힘으로 강화된 모신나강의 사격이 시작되었다.

타앙―

"끽!"

아라크네가 탄환에 눈을 관통당해 그대로 픽 주저앉았다.

탕!

"크엑!"

또 한 발은 초록색 피부를 가진 거대한 괴물의 목에 적중되었다. 녹색 괴물은 목에서 꾸역꾸역 피를 뿜었다.

도감에서 본 적이 있는 저 괴물의 이름은 바로 트롤.

총이 통하지 않는다고 경고했던 그 트롤이 모신나강에 저격당해 피를 흘리고 있는 것이다.

'난 강해졌다!'

짜릿한 희열감이 느껴졌다.

총이 통하지 않으니 피해야 한다고 했던 트롤이 총에 맞고 비틀거린다.

탕—

"꾸엑!"

실프가 한 발 더 쏘자 다시 목을 적중당했다. 가차 없는 실프의 일격에 트롤은 풀썩 쓰러져 버렸다.

이제 트롤을 단숨에 보내 버릴 정도로 나는 강해진 것이었다.

총의 한계를 뛰어넘어, 정령술로 더 강한 공격력을 갖추었다. 이런 식으로 발전해 나간다면 앞으로의 시험에서도 통할 거라고 생각된다.

정령들이 모신나강으로 하나하나 저격해 나가는 동안, 나는 쌍권총을 들고 가까이 접근한 괴물들을 상대했다.

"시익—"

"시이익—"

"식—"

방울뱀처럼 기이한 소리를 내는 이 괴물들은 리자드맨이었다.

사람과 비슷한 키에 온몸이 비늘로 덮여 있다.

팔다리가 있고 인간처럼 직립보행을 하지만 지성체보다는 파충류 짐승에 더 가까운 괴물이었다.

무기는 날카로운 손톱.

비늘이 단단해서 권총으로 큰 피해를 못 줄 것 같았지만, 다행히 복부 쪽은 상대적으로 연해서 총이 들었다.

나는 집중적으로 복부를 노리고 쌍권총을 난사했다.

타타타탕—

"시익!"

"쉬이익!"

두 마리의 리자드맨이 쓰러졌다.

뒤따르는 리자드맨들은 겁도 없이 밀려든다. 앞선 동료가 어떻게 죽었는지 봤지만, 언데드라 그런지 학습 효과가 없었다.

나는 계속해서 복부를 쏴서 쓰러뜨렸다. 하지만 언데드는 나름의 장점이 있었다.

복부를 피격당해 쓰러졌던 놈들이 다시 꿈틀거리며 일어선 것.

'귀찮은데.'

이래서는 총알 낭비였다.

"바람의 가호!"

나는 훌쩍 뛰어올랐다.

풍압이 대지를 힘껏 밀며 내 몸을 공중으로 높이 띄웠다.

나무 위에 오른 나는 즉시 매그넘탄을 가공간에서 꺼내 빈 탄창에 채웠다.

'죽이는 건 그냥 정령들의 저격에 맡기고 난 피해 다니기만 하자.'

실프와 카사는 원 샷 원 킬로 제대로 활약하고 있었다.

총알이 다 떨어지면 옆에 놓인 탄 박스에서 7.62㎜ 탄을 꺼내 신속하게 재장전하는 실프였다.

그렇게 싸움이 이어지던 때였다.

―네놈이구나.

갑자기 사이한 목소리가 울려 퍼졌다.

뭐라고 해야 할까. 육성으로 공기 중에 울려 퍼지는 목소리가 아니었다.

청각으로는 들을 수 없는? 그런 이상한 목소리였다.

"누구냐?"

내가 소리쳤다.

―누구일 것 같나?

별안간, 눈앞에서 검은 연기가 모락모락 일어났다.

검은 연기는 낡은 로브 차림의 깡마른 중년 사내의 형상이 되었다. 마치 중세 수도사의 행색이 저러할까?

"흑마법사?"

―흐, 정확히는 네크로맨서지. 흑마법도 갈래가 있거든.

깡마른 중년 사내는 히죽 웃어 보였다.

―자네가 바로 엘프들에게 지혜를 빌려준 인간이군. 울펜부르크 백작의 부하인가?

"친구다."

—흐흐, 그런가? 엘프들에게 지혜를 빌려줬다는 건 부정하지 않는군.

"이미 알고 왔잖아?"

—역시 똑똑해. 아까운 인재인데. 내 제자로 흑마법에 입문했다면 재능이 있었을 듯한데.

"아쉬울 것 없어. 난 공부 지지리 못해."

공부 안 하면 배를 굶기는 방식을 쓴다면 또 모르겠다.

—어쨌든 네놈만큼은 죽어줘야겠다. 최소한 그거라도 건져야 하거든.

"그거라도 건져야 한다? 소속된 조직이 있는 거군."

—……실수를 했다. 하여간 입이 방정이야. 뭐, 상관없나.

중년 사내의 눈빛이 스산해졌다.

—어차피 죽일 거니까.

순간, 중년 사내가 검은 안개가 되어 퍼뜨려졌다. 검은 안개가 나에게 쏟아졌다.

"으왓?!"

놀란 나는 즉시 점프해서 하늘 높이 솟구쳤다. 아직 바람의 가호 효과가 남아 있어서 다행이었다.

그런데 안개는 나를 따라 솟구쳐 올랐다. 검은 안개는 다시 중년 사내의 형상이 되었다. 사내는 들고 있는 지팡이로 나를 후려쳤다.

부웅!

"큭!"

가까스로 공중에서 몸을 비틀며 피했다.

—쳇.

중년 사내는 아쉽다는 듯이 혀를 찼다.

불길한 예감이 들어서 필사적으로 피했더니, 역시 예감이 옳았다.

저렇게 아쉬워하는 걸 보니 지팡이로 후려치려는 공격은 단순한 타격 같지가 않았다.

'뭔가의 저주라도 씌인 지팡인가?'

흑마법사이니 충분히 그럴 법도 했다.

나는 공중에서 한 바퀴 돌면서 쌍권총으로 중년 사내를 겨누었다.

타탕—

두 정의 닐슨 H2가 불꽃을 뿜었다. 총탄이 중년 사내의 몸을 뚫고 지나갔다.

말 그대로 뚫고 지나갔다.

맞은 부위가 검은 안개가 되어 흩어질 뿐이었다.

흩어진 검은 안개는 다시 원상복귀 되었다.

'물리력이 통하지 않나?

혹시 저거 그냥 환영인가?

'아니야.'

그러기엔 날 지팡이로 때리려는 움직임이 너무 리얼했어.

—재미있는 무기를 쓰는군.

중년 사내는 킬킬 웃으며 다시 덤벼들었다. 마치 유령처럼 스르륵 날아오는 그를 보니 오싹한 기분이 들었다.

'가만, 안개?

한번 시험해 보자. 바람의 가호의 효력이 다하기 전에.

그가 가까이 다가온 순간, 나는 있는 힘껏 공중제비를 돌며 발차기를 날렸다.

파아앗!

반원을 그리는 무용 동작 같은 발차기. 그리고 발에서 바람이 발출되어 중년 사내를 덮쳤다.

—크윽!

중년 사내가 크게 뒤로 밀려났다. 그리 위력이 강한 공격이 아니었음에도 온몸이 절반가량 검은 안개로 흩어질 정도였다.

역시 바람이 통한 건가?

안개라서?

나는 쌍권총을 집어넣고 복싱 동작을 취했다. 써먹을 일이 없을 줄 알았던 복싱이 시작되었다.

중년 사내에게 연속으로 잽을 날렸다. 권풍이 날아가 중년 사내를 연신 후려쳤다.

퍼퍼펑— 퍼엉!

—큭! 이놈!

그때마다 중년 사내의 몸이 검은 안개가 되어 흩어졌다. 중년 사내는 괴로워하는 표정이 되었다.

—이건 대체 뭐냐?

"뭐가?"

—어째서 이런 기운이 발출되는 거냐. 네놈, 설마 정령사인 가?

"그런데?"

―제기랄. 역시 그랬나.

그런데 그때, 주위에서 젊은 남성 엘프 한 명이 달려왔다.

"킴, 괜찮나?!"

제이크였다.

이를 본 중년 사내는 혀를 찼다.

―안 되겠군. 네놈 한 놈쯤은 직접 나서서 제거할 수 있을 줄 알았거늘…… 참 여러 가지로 곤란한 놈이야.

"내가 정령사인 게 곤란해?"

그럼 바람 때문이 아니라 바람의 가호가 정령술을 기반으로 한 공격이기 때문에 타격을 입었던 것이군.

―뭔가를 알아냈다는 듯이 좋아할 필요는 없다. 흑마법과 정령술이 상극인 건 조금만 조사해도 알 수 있는 상식이니까.

"어쨌든 당신은 이제 당신이 속한 조직 내에서 입지가 곤란하게 됐네? 계속 실패만 했으니까. 경질되든가 처벌받거나 그렇겠지?"

―흐흐흐, 똑똑한 놈. 오냐, 오늘은 마음껏 승리를 만끽하여라.

"그럴 생각이야."

―하지만 기억해라. 이제 내가 널 기억했다. 내가 너를 노릴 것이니라.

"기억하라며? 이름은 알려주고 가야지?"

중년 사내가 흘흘 웃었다.

―존 오멘토다. 내 이름을 안다고 뭔가를 알아내지는 못하니 기대하지 않는 게 좋아.

"잘 가라, 존 오멘토. 솜방망이 처벌로 끝나길 빌지."

—흥.

이윽고 존 오멘토라는 흑마법사, 아니, 네크로맨서는 검은 안개가 되어 허공중에 뿔뿔이 흩어졌다.

"괜찮은 거냐?"

제이크가 물었다.

나는 고개를 끄덕였다.

"응. 아까 그놈이 이 일을 주도한 흑마법사 같았어."

"정말이냐? 제길, 죽여 버렸어야 했는데 놓치다니!"

"쉽게 죽일 수 있는 상대 같지 않았어."

물리력이 통하지 않고 검은 안개가 되어 자유자재로 나타났다 사라졌다 하니까.

대신 존 오멘토 역시 직접 싸우는 방식에는 그리 강한 것 같지 않았다.

마법사라 그런가?

직접 전투보다는 언데드를 만들어서 지휘하는 데 보다 특화된 클래스 같았다.

난 제이크의 어깨를 두드렸다.

"자, 가자. 싸움을 마무리 짓자고."

# 8장

마무리

싸움은 끝났다.

우리의 대승이었다.

갈색산맥의 모든 방면에서 엘프들은 압도적인 승리를 거두었다. 철통같이 방비하고 있던 우리에게 언데드들의 정면공세는 무모한 꼬라박기일 뿐이었다.

"이겼다!"

"봤느냐!"

"다시는 침범하지 마라!"

전사들의 환호성이 전장을 가득 메웠다. 느티나무 마을로 개선하자 여자와 아이들이 열렬히 환영하였다. 여기저기서 엘븐 하프의 유쾌한 선율이 울러 퍼졌다.

"여보!"

"여보, 고생 많았어요!"

여자들은 돌아온 남편들을 끌어안고 기뻐하였다. 아직 혼인을 하지 않은 젊은 남성들도 다들 맞이해 주는 애인이 있었다.

'나만 혼자구나.'

하고 쓸쓸해하는데, 문득 나에게 달려오는 어린 소녀……

"엘리스?"

"헤헤헤."

엘리스는 꽃으로 만든 화관을 나에게 씌워주었다.

"고마워."

머리를 슥슥 쓰다듬어주니 무척 기뻐하는 엘리스.

그래도 엘리스, 나에게 반하지는 말렴. 이 오빠는 그런 취향 없어요.

이날은 축제였다.

승리.

엘프의 적을 물리치고 삶의 보금자리를 지킨 기쁨.

축제는 밤새도록 정신없이 이어졌다. 웃음소리가 끊이지 않았다.

밤이 늦자 지쳐서 쉬고 싶었는데, 엘프들이 자꾸만 나를 붙잡았다. 이번 전쟁의 영웅이라며 추켜세워 주는 게 좋기는 했다.

'이제 이걸로 시험은 클리어나 마찬가지지.'

남은 제한 시간은 불과 4개월 남짓.

그 사이에 흑마법사들이 또 이만한 규모로 습격해 올 거라는 생각은 들지 않았다.

'하지만 방심할 수는 없어.'

지금껏 하던 대로 계속 엘프를 갈색산맥에 불러들여서 마을을 만들고 부흥시켜 나갈 것이다.

다시는 엘프를 건드리지 못하도록 말이다.

*          *          *

오딘의 전쟁도 마무리 단계에 들어섰다고 소식이 전해졌다.

바스티앙 자작가는 울펜부르크 백작가의 힘을 당해내지 못하고 연신 패퇴했다고 한다.

콥을 비롯한 베테랑 엘프 5인의 활약도 굉장했던 모양이다. 오딘은 서신에서 그들을 일등공신으로 추켜세웠다.

전쟁이 마무리 단계에 이르자, 콥 팀의 진짜 임무도 빠르게 진전을 이루었다.

생명의 나무를 잃고 인간을 피해 깊숙이 숨어 살던 엘프들을 찾아내 갈색산맥으로 데려왔다.

그렇게 꾸준히 유입되는 엘프들은 인구가 부족한 단풍나무 마을과 소나무 마을에 편입시켰다.

하지만 두 마을도 점점 인구가 늘기 시작하니 새로운 생명의 나무를 키워야 할 필요성이 대두되었다.

그래서 나는 생명의 불꽃 2개를 다른 나무에 투여하기로 했다.

이번에는 북쪽에 있다는 측백나무였다.

'이번에는 측백나무 마을이군.'

하지만 지금처럼 대여섯 명씩 유입되는 엘프들로는 새로운 마을을 유치할 수 없었다.

적어도 30여 명쯤 되는 마을 유민들이 나타나야 마을의 기초가 잡히고, 그 뒤로 계속 인구가 추가되면서 마을의 규모가 커질 수 있다.

'뭐, 아직 시간은 많으니까 어떻게든 되겠지.'

나는 일단 측백나무를 키우는 데 집중했다.

중급 2레벨짜리 위력을 가진 생명의 불꽃을 하루에 2개씩 먹으며 쑥쑥 커나가는 측백나무.

그런데 아직 측백나무가 생명의 나무로서 각성하지 않았을 때, 콥 팀이 대규모의 엘프 유민 집단을 데려왔다.

"이곳에 우리가 안전히 살아갈 보금자리가 있다고 들었습니다."

유민을 이끄는 대표로 보이는 나이 든 여성 엘프가 찾아와 물었다.

무려 42명이나 되는 큰 규모의 유민이었다.

연장자 어머니가 그들을 맞이했다.

"잘 오셨어요. 여러분이 살 곳을 알려드릴게요."

우리는 그들을 측백나무가 있는 북쪽 지역으로 안내했다.

측백나무를 본 엘프들은 기뻐하면서도 한편으로는 실망한 기색도 보였다.

"생명의 나무의 자질이 있는 나무로군요."

"잘 자라고 있는 것 같네요."

"하지만 각성할 수 있을지는 확신할 수 없는 듯한데……."

그들은 자신들의 새로운 마을 터전으로 삼을 수 있는 생명의 나무가 있다는 말을 듣고 갈색산맥으로 이주를 해온 터였다.

그런데 아직 생명의 나무가 되지 못한 측백나무밖에 없으니 실망할 수밖에 없었던 것이다.

"그래도 안전하게 살아갈 수 있다는 게 어딘가요."

"맞아요. 이 산맥은 생명의 나무가 많아서 그런지 자연의 기운이 풍부해요."

"이곳에서 살면서 이 측백나무를 키워 나가도록 해요."

유민들의 어머니들이 서로 이야기를 나누며 결정을 내렸다.

그때, 연장자 어머니가 그녀들에게 말했다.

"오해하지 말아주세요. 이 측백나무는 앞으로 1개월쯤 후에 생명의 나무로 각성할 수 있어요."

"예?"

"그게 정말인가요?"

"어떻게 그게 가능하죠?"

유민 측의 어머니들이 다들 의아해졌다.

연장자 어머니는 나를 바라보았다.

"킴, 보여드리렴."

"예."

나는 모두가 보는 앞에서 생명의 불꽃 2개를 만들었다. 생명의 불꽃을 본 유민들은 더없이 놀란 얼굴이 되었다.

"생명의 기운을 저렇게 가득 담고 있다니!"

"저 기운을 품는다면 확실히 측백나무가 더 빨리 자랄 거예요."

"생명의 나무로 성장할 힘을 얻을 수 있을 거야."

이제 그들은 어서 이 불꽃들을 측백나무에게 써주기를 간절히 바라는 얼굴이 되었다.

나는 불꽃 2개를 측백나무에 불어넣었다.

"아아아!"

"활력이 넘쳐흐르고 있어!"

"생명의 힘이 가득해!"

"성장하려고 용솟음치는 게 느껴져요."

"대단한 자연의 힘이야!"

유민들이 호들갑을 떨었다.

난 잘 모르겠는데, 엘프들의 눈에는 생명의 불꽃을 불어넣은 효과가 확연하게 보이는 모양이었다. 엘프라 그런 모양이다.

내가 말했다.

"이렇게 매일 2개씩 부여하면 빠른 시일 내에 생명의 나무로 각성합니다. 이미 단풍나무 마을과 소나무 마을도 그런 과정을 거쳤고요."

"정말 감사합니다!"

"이제야 저희를 이곳에 데려온 이유를 알겠네요."

"다시 생명의 나무를 얻을 수 있다니!"

"정말 고마워요!"

그렇게 콥 팀이 데려온 엘프 유민 42명은 측백나무를 중심에 두고 자리 잡았다.

측백나무 마을의 탄생이었다.

1개월이 지나자 예상대로 측백나무는 생명의 나무로 각성됐다.

측백나무 마을의 엘프들은 크게 기뻐했고, 다른 마을 엘프들까지 방문해서 한바탕 축제를 열었다.

생명의 나무의 탄생은 그게 어느 마을의 것이든 상관없이 엘프 모두의 기쁨이었던 것이다.

총 4개의 마을이 갈색산맥에 자리 잡았다. 이제 갈색산맥은 명실상부한 엘프들의 군건한 터전이 되었다.

이제 그 누구도 이곳을 침범하지 못할 터였다.

6회차 시험의 제한 시간은 이제 2개월밖에 남지 않았다

'이대로 2개월을 놀면서 보내도 상관은 없지만…….'

하지만 난 그러지 않았다.

아직 매듭짓지 못한 일이 남아 있었던 것이다.

2개월이면 넉넉하게 해결하고도 남는, 아주 쉬운 일이었다.

나는 연장자 어머니를 찾아가 말했다.

"잠시 다녀올 곳이 있습니다."

"어딜 가겠다는 거니?"

연장자 어머니가 놀라서 물었다.

"불귀의 숲에 다녀와야겠습니다."

"서쪽의…… 그 라이칸스로프들이 있는 곳 말이구나."

"예."

그랬다.

실버 씨족.

레온 실버!

그놈들에게 복수할 시간이 찾아온 것이다.

바스티앙 자작가도 이미 오딘에 의해 멸망당했다는 소식이

전해진 터였다.

흑마법사들도 패퇴했으니 마지막 남은 엘프의 적은 실버 씨족뿐이었다.

"그동안 이곳에 있으면서 저는 강해졌습니다. 이제 그놈들과의 악연을 마무리 짓고 싶습니다."

"혼자서는 너무 위험하지 않니?"

"밤에 야영할 때를 대비해서 전사 한 분을 붙여주시면 충분합니다."

"전사 한 명만 붙여달라는 말이지?"

"네."

무슨 생각을 떠올렸는지 연장자 어머니는 싱글거렸다.

"잠시만 기다려 보렴."

"예."

"여보~!"

"……예?"

잠시 후,

"넉넉잡고 이틀이면 충분하겠군. 어서 다녀오자."

데릭이 내 동행이 되었다.

왠지 스테이지 1탄의 보스몬스터를 깨는 데 치트키를 쓴 기분이 들었다.

뭐랄까, 복수의 긴장감이 대폭 감소하였다.

*　　　*　　　*

바람의 가호를 써서 데릭과 함께 달렸다. 금세 갈색산맥을 빠져나와 불귀의 숲에 진입했다.

숲에 발을 들이자 익숙했던 그날의 기억이 새록새록 떠오른다.

그래, 이 길이다. 정신없이 도망쳤던 길이다. 이대로 쭉 가면……

심장이 쿵쾅쿵쾅 요동치기 시작했다.

'혜수야!'

혜수가 죽고 강천성이 남아서 레온 실버와 싸운 그곳에 도착하게 된다. 거기서 더 가면 준호가 죽은 곳이 나온다.

그들의 시체는 아직 그곳에 있을까?

내 동료들은 썩고 부패한 참혹한 모습으로 날 맞이할까?

아니면 라이칸스로프들이 잡아먹었을까?

두려움이 스멀스멀 기어 올라와 가슴을 숨 막히게 옥죄었다.

나는 그만 걸음을 멈추고 말았다.

"뭐냐?"

"잠시만요."

"그러지."

데릭은 바위에 걸터앉아 휴식을 취했다.

나는 그 자리에 멍하니 섰다.

두렵다.

무서워서 미칠 것 같다.

'이제라도 돌아갈까?'

포기가 나를 유혹한다.

'그래, 이제 와서 이게 무슨 소용이 있겠어?

라이칸스로프 따위······.

실버 씨족 따위 이제 아무런 위협도 안 되는, 지나간 과거일 뿐이다. 이런다고 죽은 사람들이 돌아오는 것도 아니지 않나!

'그래, 그냥 돌아가는······.'

"아니에요. 제 생각에는 그 시체를 보지 못하고 이대로 넘어가는 게 더 안 좋을 것 같아요."

머릿속이 새하얘졌다. 자꾸만 머릿속을 헤집는 기억들.

"그 사람은 정말 죽은 걸까, 시체는 어떻게 된 걸까, 혹시 살아서 우리를 노리는 게 아닐까······ 그런 생각이 사라지지 않아요. 현호 씨도 그렇죠?"

'그랬구나.'

비로소 나는 내가 하나도 성장하지 않았음을 깨달았다.

그때 그 김현호는 지금도 여전히 조금도 성장하지 못한 모습 그대로였다.

"그러니까 같이 가 봐요."

그래, 가자, 혜수야.

"죽은 것을 확인하고 제대로 매장도 해줘요. 혼자서는 무서운데, 현호 씨랑 같이 가면 괜찮을 것 같아요."


같이 가자.

힘낼게.

무서워도 한 걸음, 한 걸음 내딛을게. 그래야 내가 비로소 성장할 수 있을 테니까.

나는 걸음을 옮겼다. 쉬고 있던 데릭이 다시 따라왔다.

마침내 그 장소에 이르렀다.

……그곳엔 아무것도 없었다.

혜수도 강천성도 없었다. 더 걸어가 봤지만 준호의 시체도 보이지 않았다.

'어디 갔지?'

길잡이 스킬은 나에게 아무것도 알려주지 않았다.

강천성도 이혜수도, 이준호도 어디에 있는지 내게 알려주지 않는다.

살아 있는 사람이 아니라서? 아니면 이미 이 세상에 존재하지 않아서?

용기를 낸 것치고는 허망한 결과라 나는 허탈감을 느꼈다.

"뭔가 찾는 게 있나?"

데릭이 물었다.

나는 고개를 저었다.

"아뇨."

나는 다시 걸음을 옮겼다. 길잡이 스킬이 내게 가르쳐 주는 것은 딱 하나였다.

"가죠. 레온 실버가 어디에 있는지 알 것 같아요."

"그러지."

남동쪽으로 방향을 잡고 움직였다. 쿨타임이 끝난 바람의 가호를 다시 펼쳐서 데릭과 함께 달리니 순식간이었다.

폭풍 같은 속도로 이동한 끝에, 어두워졌을 무렵에는 달빛이 잘 드는 언덕이 보이기 시작했다.

"느껴지는군."

언덕 위를 바라보며 데릭은 쌍검을 뽑았다. 나 역시 닐슨 H2 2정을 소환하며 말했다.

"부탁이 있는데요."

"뭐지?"

"레온 실버는 제게 맡겨주세요."

"그러지."

데릭은 몸을 날렸다.

"가장 강해보이는 놈만 빼고 전부 죽이면 되겠군."

지당하신 말씀이었다.

*　　　*　　　*

실버 씨족은 침체된 분위기를 유지하고 있었다.

언덕 끝에 왕좌처럼 위치한 바위에 걸터앉은 씨족의 수장, 레온 실버가 싸늘한 분위기를 자아내고 있었다.

모든 라이칸스로프가 그의 눈치를 보며 아무 소리도 하지 못하고 있었다.

레온 실버는 심사가 매우 복잡했다.

'그렇게 강한 인간이 있을 수가 있다니?'

딱 한 인간.

아직도 그 인간을 떠올리면 지금껏 그가 느껴본 적이 없었던 감정이 일어난다.

바로 공포였다.

'울펜부르크 백작이라고 했던가?'

울펜부르크 백작 오딘.

그 인간 같지 않은 괴물은 압도적인 강함으로 전장을 지배했다.

바스티앙 자작가와 손잡은 실버 씨족은 인간으로 변신하여 전장을 은밀히 활약했다.

연약한 인간 따위는 인간으로 변신한 상태에서도 문제없이 사살했다.

협력의 대가로 전투에서 사로잡은 포로를 무장해제 후 숲으로 들어가 인간 목장을 다시 활성화시켰다. 그리고 전쟁에서 승리만 한다면, 다음 타깃은 갈색산맥의 엘프들이었다.

갈색산맥은 젊은 시절부터 그의 목표였다.

그것은 그의 부친 때문이었다.

20년도 더 된 옛날 일이었다.

장성한 젊은 아들 레온의 도전을 받아 씨족의 수장 자리를 빼앗긴 부친은 패배자답게 무리를 이끌고 영역을 떠났다.

그런데 그로부터 몇 개월 되지 않아 부친은 돌아왔다. 무리를 전부 잃은 채 혼자만 살아 돌아온 것이다.

"우리가 살아갈 장소는 오직 이 숲뿐이구나."

부친은 늘 그렇게 말하며 죽을 때까지 숲에서의 안전한 삶을 강조하였다. 오직 이곳만이 라이칸스로프에게 허락된 장소라고 말이다.

그것은 혈기왕성한 레온 실버를 자극하였다.

'우리 실버 씨족이 안전을 위해 이 숲에서만 틀어박혀 살아야 한다고?

갈색산맥의 엘프가 그렇게 두려운가?

우리들 용맹한 라이칸스로프가 감히 넘봐서는 안 될 정도로?

그때부터 레온 실버의 야망은 시작되었다.

때맞춰서 바스티앙 자작가의 영지에서 유민들이 숲으로 흘러 들어왔다.

그때 레온 실버는 씨족의 규모를 크게 신장시켜 세력을 일굴 아이디어를 떠올렸다.

그것이 인간 목장이었다.

그 뒤로도 인간으로 변신한 후에 바스티앙 자작가 영지를 돌아다니며 인간을 숲으로 끌어들였다.

엘프와 싸울 때를 대비하여 쓸 만한 인간의 무기를 받아들이기도 했다.

그렇게 실버 씨족이 풍부한 식량을 바탕으로 신장하자, 바스티앙 자작가에서 협력 제의를 해왔다.

엘프라는 공동의 목표가 있었기에 레온 실버는 기꺼이 제안을 받아들였다.

거기까지는 좋았다.

하지만 레온 실버가 간과한 것이 있었다.

자신보다 강한 존재가 있을 거라는 생각을 염두에 두지 못했던 것.

태생적으로 강자였고, 유례없이 강력한 수장이었던 레온 실버의 오만함은 어찌 보면 당연했다.

그러다가 전쟁터에서 오딘을 만나게 된 것이다.

오러 마스터.

휘두르는 장검에서 푸른 기운이 파도치듯이 뿜어져 나오더니, 대폭발을 일으켜 순식간에 씨족의 3분의 1을 몰살시켰다.

난생처음 공포를 느낀 레온 실버는 즉시 도망쳐 숲으로 돌아와야 했다.

'2년 전에 보았던 인간들 정도는 아무것도 아니었구나.'

이상한 원거리 무기를 쓰는 정령사 인간과 기이한 무술을 펼치는 건장한 인간 사내.

특히 마지막까지 자신과 맞서 싸워 큰 부상까지 입게 만들었던 무술가는 그가 본 가장 강한 인간이었다.

인간이란 그 정도로 강해질 수 있구나, 하고 생각했다.

그냥 그 정도라고 생각했다.

완전한 오산.

그건 아무것도 아니었다.

인간이란, 오딘 울펜부르크 백작 같은 괴물도 될 수 있었다.

목장의 식량들처럼 연약한 인간만 있는 게 아니었다.

'바스티앙 자작가는 이길 수 없을 테고, 그들이 몰락하면 다

음은 우리 차례일 텐데……!'

레온 실버는 초조해졌다.

오딘이라는 괴물 같은 놈은 전쟁이 끝나면 곧장 군대를 끌고 자신을 죽이러 올 것이다. 전에도 한 번 실버 씨족을 토벌하려고 군대를 보냈었으니 이번에도 결코 그냥 넘어가지 않을 터였다.

'도망쳐야 하나?'

전쟁 포로들을 붙잡아와 다시 복구시킨 인간 목장이 아깝긴 했다. 하지만 오딘이라는 그 괴물 인간이 들이닥치면 모든 게 끝장이었다.

'그래, 숲 속 깊숙이 도망치자. 일단은 숲 중앙부로 가서 레드 에이프 놈들의 영역을 빼앗고 거기에 눌러 앉자.'

가장 만만한 건 레드 에이프였다.

그 뒤에 거기까지 오딘이 쫓아오면 더 깊숙이 도망치면 된다.

아무리 그래도 거기까지 집요하게 쫓아오지는 않을 거라고 생각한 레온 실버였다.

그러나 정작 레온 실버는 오딘이 아니라 다른 적이 자신들을 찾아올 줄은 미처 예상치 못했다.

콰콰콰쾅—!

"크아앙!"

"끄억!"

그것은 마른하늘에 떨어진 날벼락이었다. 아니, 벼락이 아니라 엄청난 화염이었다.

화르르르—!

불길이 사방팔방으로 뻗어 나가 순식간에 실버 씨족의 라이칸스로프들을 뒤덮었다.

"뭐, 뭐냐!"

레온 실버는 뜬금없이 벌어진 충격적인 광경에 놀라 벌떡 일어났다.

자세히 들여다보니 화염이 해일처럼 뻗어 나가는 중심부에 한 인영(人影)이 보였다.

호리호리한 키에 쌍검을 휘두르고 있다. 그런데 그 쌍검에서 화염이 뿜어지는 괴사가 벌어지고 있었다.

그리고 뾰족한 귀…….

"엘프?!"

"그렇다."

어느새 화염이 그쳤다.

화염이 그치자 시뻘건 열기가 사그라지며 드러나는 목불인견의 참상!

살아 있는 실버 씨족의 라이칸스로프는 오직 레온 실버뿐이었다.

온통 잿더미뿐이었다.

20여 년에 걸쳐 번식해서 키워낸 씨족의 아이들이 전부 한순간에 몰살당했다.

그 장본인은 레온 실버가 노리고 있었던 목표, 엘프였다.

단 한 명의 엘프!

"어, 어어……!"

레온 실버는 충격으로 정신을 차리지 못했다.

이렇게 허망할 수가 있을까?

너무나 현실감 없는 참상이었다.

단 한 명의 엘프로 인히여 눈 깜짝할 사이에 괴멸 당하다니?

자신의 모든 것이 불과 몇 초 안에 잿더미가 되다니!

"네가 레온 실버냐?"

"그, 그, 그렇다!"

두려움에 질린 채 레온 실버는 간신히 대답했다.

그는 더 이상 이 숲의 지배자도, 먹이사슬의 최종 승자도 아니었다. 눈앞의 절대적인 학살자 앞에 놓인 더없이 무력한 약자였다.

"너는 호시탐탐 우리 엘프를 노리고 있었다지. 어떠냐? 엘프의 힘을 직접 본 소감은."

"그, 그것이……."

"힘을 키우고 키우면 언젠간 이길 수 있을 것 같아 보이나?"

"아아……!"

레온 실버는 아무 말도 할 수 없었다.

타고난 강자였던 자신이 이렇게 무력한 약자가 될 수 있다니.

전장에서 보았던 오딘 이후로 또다시 공포가 밀려왔다.

"인간도, 너희도 왜 만족할 줄을 모르나. 예전에 간신히 내 손에서 살아 도망친 네 아비가 가르쳐 주지 않았더냐?"

그제야 부친의 살아생전의 당부가 떠올랐다.

'진즉에!'

레온 실버는 울컥 화가 났다.

'진즉에 가르쳐 줬어야지! 이 정도로 강하다고, 가르쳐 줬어야 하지 않은가!

젊은 혈기와 야망으로 당부에 귀를 기울이지 않았던 자신의 태도는 생각지 않는 레온 실버였다.

"하지만 네가 싸워야 할 상대는 내가 아니다. 어디 분발해 보도록."

그러면서 나이든 엘프는 휙 등을 돌렸다.

레온 실버는 어리둥절했다.

'그럼 누가?'

그때였다.

시커먼 연기를 뚫고 한 인간이 나타났다.

"오랜만이네?"

인간은 자신을 똑바로 노려본다.

레온 실버는 곧바로 알아봤다.

그때 놓쳤던 그 인간이었다.

\* \* \*

두려움이란 그저 기억일 뿐이구나.

나는 그것을 레온 실버와 재회하면서 깨달았다.

데릭의 믿기 어려운 활약에 압도된 채 두려움에 질려 있는 레온 실버를 보니, 더 이상 그를 두려워하기가 힘들었다.

"오랜만이네?"

내가 말을 건넸다.

"너는……."

"역시 기억해? 다행이군."

레온 실버의 얼굴에 비로소 적대감이 다시 떠올랐다.

"네놈이 엘프를 끌어들였구나."

"뭐, 그렇다 치자."

나는 닐슨 H2로 레온 실버를 겨누었다.

"자, 피해봐."

"뭣?"

타앙!

불꽃이 뿜어지는 순간, 레온 실버는 좌측으로 민첩하게 움직였다. 권총의 총알은 음속과 거의 비슷하게 움직이기 때문에 소리를 듣고 피하는 건 무리다.

불꽃이 뿜어지는 걸 보았을 때는 이미 피하기는 늦었다고 봐야 한다. 하지만 레온 실버는 내가 방아쇠를 당기는 검지의 움직임을 감지하고 반응한 것이었다.

"잘하네?"

"이놈이!"

"이것도 피해봐."

이번에는 쌍권총으로 사격을 했다.

타탕—

"크헉!"

레온 실버는 옆구리에 총을 맞고 신음을 흘렸다.

한 번은 잘 반응하고 피했지만 다른 권총은 피하는 동선을 예측하고 쏜 것이다.

10m 이내.

사격 스킬에 의해서 내 명중률은 100%였다.

피하는 동선까지 노리고 두 발을 동시에 쏘면 놈은 절대로 피하지 못한다.

"이놈!"

레온 실버가 내게 덤벼들었다.

"바람의 가호!"

바람의 가호를 펼치며 나는 훌쩍 뛰어올랐다.

레온의 머리 위로 사뿐히 공중제비를 돌며 왼손의 권총으로 어깨를 쏴버렸다.

타앙—

"큭!"

오른쪽 어깨를 맞은 레온 실버가 비틀거렸다.

"크아아아!"

등 뒤로 착지한 나에게, 레온 실버가 온몸을 돌며 왼손을 휘둘렀다. 날카로운 손톱이 나를 할퀴어온다.

"순간이동."

파앗!

순식간에 나는 레온 실버의 등 뒤로 이동되었다.

탕!

"커억!"

적중당한 왼쪽 무릎을 꿇고 주저앉는 레온 실버.

"크아아! 죽여 버린다—!"

광기에 차 포효하며 두 팔을 마구 휘젓는다.

나는 쌍권총을 쥐고 맞대응했다.

왼손을 쳐내고, 날아드는 오른손도 양팔을 교차시켜 가드하면서, 왼 손목을 비틀며 방아쇠를 당겼다.

탕!

"큭!"

총탄에 오른쪽 손목을 피격당한 레온 실버.

발악하듯이 왼손을 다시 휘둘렀지만, 나는 또다시 가드해 내며 같은 동작으로 왼쪽 어깨를 쐈다.

타앙—

"컥!"

목인장으로 수련한 효과가 중급 2레벨의 운동신경과 함께 나타났다.

체력도 중급 5레벨의 수준이었기 때문에 레온 실버와 비교해도 완력이나 순발력이나 밀리지 않는다.

엘프의 한계 수준에 달하는 육체 능력이니 당연했다.

여기저기에 총에 맞고 만신창이가 된 레온 실버는 더는 버티지 못하고 털썩 쓰러졌다.

라이칸스로프여서 이 정도지, 인간이 이렇게 매그넘탄에 수차례 맞으면 벌써 몇 번은 죽었다.

"어떻게…… 어떻게 이렇게……."

죽어가면서 레온 실버는 믿기 힘들다는 표정이었다.

"인간은 원래 성장이 빠르거든."

"크윽, 빌어먹을……."

이마에 권총을 겨누자 레온 실버는 체념한 얼굴이 되었다.

죽이기 전에 내가 물었다.

"내 동료들은 어쨌지?"

"죽였다."

"시신."

"모른다."

레온 실버는 그 와중에도 히죽 웃어 보인다.

"신선한 음식이 아니면 안 먹거든."

"……그래, 이제 자라."

타앙!

이마에 뚫린 붉은 구멍.

레온 실버는 그렇게 눈을 부릅뜬 채로 죽었다. 웃고 있는 입 모양이 기분 나빴다.

'시험자의 시체는 사라지는 모양이네. 다행이다.'

놈들의 뱃속에 들어간 게 아니어서 마음이 놓였다.

"끝났으면 돌아가자. 내일 낮까지는 돌아갈 수 있겠군."

데릭의 말에 나는 고개를 끄덕였다.

"예, 돌아가죠."

나는 데릭과 함께 언덕을 떠났다.

그렇게 복수는 이루어졌다.

# 9장

돌아와서 생긴 일

남은 시간 동안 나는 생명의 불꽃을 만들고 바이올린을 켜며 한가롭게 보냈다.

생명의 불꽃 2개는 단풍나무 마을과 측백나무 마을에 보내졌는데, 덕분에 나무들이 잘 자라서 두 마을 모두 만족을 표했다.

스즈키 바이올린 교본을 6권까지 돌파하자 운동신경의 스킬 레벨이 드디어 한 단계 더 올랐다.

—운동신경(합성스킬): 몸을 움직이는 요령이 향상됩니다.
*중급 3레벨: 몸을 쓰는 모든 일에 천재적인 오성을 발휘합니다.

레벨이 하나 더 오르니 갑자기 바이올린 켜는 솜씨도 확 늘었다. 나날이 유려해지는 나의 연주 솜씨에 엘프 관객들은 점점 늘어갔다.

그리고 시험의 제한 시간이 거의 끝나갈 때쯤, 또 하나의 기쁜 성과가 나타났다.

—정령술(메인스킬): 정령을 소환하여 대자연의 힘을 발휘합니다.
＊소환 가능한 정령: 실프, 카사
＊초급 7레벨: 소환 시간 3시간 30분

생명의 나무 위에서 지내다 보니 정령술이 또다시 성장을 한 것!

'이번에는 1년 만에 간신히 올랐네.'

다음 레벨까지는 몇 년이 걸릴지도 모르는 일이었다.

이제 생명의 나무를 통해 공짜로 정령술의 레벨을 올리는 건 불가능할 듯했다.

다음 7회차에서도 엘프들과 몇 년씩 지내는 한가한 시험을 받으리라고는 생각되지 않았기 때문이다.

'어쩌면 다음 회차에서는 엘프들과 작별해야 할지도 모르겠어.'

지금까지의 시험의 흐름을 쭉 살펴보면, 맥락상 다음 시험은 그 흑마법사들과 관련된 것일 게 틀림없었다.

'이름이 존 오멘토라고 했던가?'

어떤 조직에 속한 인물이었다.

즉, 음모를 꾸미고 있는 정체불명의 수상한 집단이 있는 것이다.

다행히 네크로맨서 존 오멘토와 만나봤으니, 길잡이 스킬을 통해 앞으로 가야 할 방향은 알 수 있었다.

'마음 같아선 여기에 계속 눌러 앉고 싶지만 어쩔 수 없지.'

제한 시간이 끝나갈수록 나는 아쉬움을 느껴야 했다.

　　　　　　＊　　　　＊　　　　＊

—성명(Name): 김현호
—클래스(Class): 16
—카르마(Karma): □
—시험(Mission): 갈색산맥의 엘프를 지켜라. (달성)
—제한 시간(Time limit): 31초

파앗!

제한 시간이 끝나자 눈앞에 시험의 문이 나타났다.

'드디어 끝이다!'

빨리 집에 돌아가서 민정이부터 봐야지. 이 팔팔한 육체를 갖고 장장 12개월간 굶주렸거든!

잽싸게 시험의 문을 열고 통과하자, 아기 천사가 날 맞이했다.

"오늘은 나팔 안 불어?"

"발정 난 남자를 나팔 불고 맞이하는 취미는 없어요."

"현명하군. 그럼 시험 결과부터 봐야지? 석판 소환."

—성명(Name): 김현호

—클래스(Class): 21

—카르마(Karma): +5,100

—시험(Mission): 다음 시험까지 휴식을 취하라.

—제한 시간(Time limit): 100일


순간 나는 내 눈을 의심했다.

"야, 이거 확실해? 오류 난 거 아니지?"

"오류는 시험자 김현호의 활약 자체가 오류급이죠."

"우와—! 아자!!"

나는 양팔을 뻗으며 환호했다.

저 무시무시한 양의 카르마를 봐라! 16에서 21로 껑충 뛴 클래스를 봐라!

6회차에서 내가 이룬 업적이 저 정도였다!

이번 시험도 별다른 고생은 하지 않았는데, 이래도 되나 싶을 정도였다.

"엘프들을 지키라고 했더니 오히려 부흥시켰잖아요. 엘프 마을 3개를 더 만들다니, 엄청난 잔머리였다고요."

"역시 난 대단해."

"거기에 울펜부르크 백작가와 우호도 맺고, 실버 씨족까지 섬멸시켜 후환을 없앴죠. 그 모든 업적을 통틀면 사실 이보다 더 받아도 될 정도예요."

"그럼 더 줘."

난 뻔뻔스럽게 말했다.

"우와, 진짜 뻔뻔하네요. 근데 제가 말씀드렸죠? 얼마나 노력했는지도 평가에 가산된다고요."

"내가 노력을 안 했단 뜻이야?"

"그럼 했어요?"

"……나름은."

"거짓말 마세요. 그리고 정령술도 오르는 등 이득을 많이 보셨으니 그 정도로 만족하세요. 사실 오딘 같은 시험자도 한 번 클리어로 그만한 카르마를 받기는 힘들 정도라고요."

"그래?"

"자자, 볼일이 끝나셨으면 빨리빨리 돌아가세요. 발정 난 남자와 마주하고 있으니까 임신할 것 같단 말이에요."

"그딴 개드립은 그 조그만 번데기부터 떼어내고 하시지?"

나는 다시 한 번 나타난 시험의 문을 통과하였다.

*　　　*　　　*

오전 11시.

나는 시험 전에 묵었던 호텔방에서 깨어났다.

스마트폰을 확인해 보니 문자가 두 통 와 있었다.

[귀요미 아내♡: 여기는 좋은 아침~! 오늘도 열심히 일하고 올게요!]

[귀요미 아내♡: 히잉…… 답장도 없고 ㅠㅠ 비행기라 그런가? ㅠㅠ]

민정은 내가 외국에 출장 갔다가 오늘 오전에 돌아오는 줄로 알고 있었다.

이제 답장을 보내야겠군.

[나: 지금 인천공항 도착. 보고 싶다.]

지금쯤 회사에서 일할 텐데 답장이 몇 초 만에 왔다.

[귀요미 아내♡: 저도요. ㅠㅠ]

[나: 어디 신입사원이 회사에서 폰을 만져? 일 안 하지?]

[귀요미 아내♡: (삐친 이모티콘) 홍, 잠깐 쉬고 있는 거예요.]

[나: ㅇㅇ 열심히 일해.]

[귀요미 아내♡: 말이라도 책임져 줄 테니 때려치우라고 안 해줄 거예요?]

얘가 또 은근슬쩍 시작이네.

나는 적절한 답장을 보냈다.

[나: 凸]

[귀요미 아내♡: (우는 이모티콘) 미워!!!]

[나: 나도 사랑해.]

[귀요미 아내♡: 이씨, 밉다고요!!]

[나: 나도 사랑한다니까.]

[귀요미 아내♡: ㅋㅋㅋㅋㅋ]

[나: ㅋㅋㅋㅋㅋㅋㅋㅋㅋㅋ]

아, 시답잖은 메시지를 주고받으니 마음이 정화되는 기분이었다.

[귀요미 아내♡: 근데 오빠 저 오늘은 늦어요.]

[나: …….]

[귀요미 아내♡: 요리학원 다니면서 알게 된 친구들이랑 모이

기로 했거든요. 혹시 오빠도 갈래요?]

　나는 한숨을 푹 쉬었다.

　[나: 난 피곤해서 못 가겠다. 잘 다녀와.]

　[귀요미 아내♡: 정말 미안요! 대신 밤에 돌아가서 ♥ 알죠?
♥♥]

　[나: 밤 10시 넘기면 진심 삐친다.]

　[귀요미 아내♡: 잉 11시까지 봐주세요.]

　[나: 네 마음대로 해.]

　[귀요미 아내♡: 아이잉 ㅠㅠ]

　민정은 온갖 이모티콘을 보내며 애교를 떨었다.

　이만 용서해 줄까 싶을 때였다.

　[귀요미 아내♡: 대신 원하는 거 뭐든지 들어드릴게요.]

　[나: 뭐든지?]

　[귀요미 아내♡: 네 뭐든지. ♥]

　[나: 분명히 뭐든지라고 했다?]

　[귀요미 아내♡: 네 ㅠㅠ]

　화가 아주아주 말끔하게 풀어진다.

　[나: 실컷 놀다 오렴. 아니다, 올 때 데리러 갈까?]

　[귀요미 아내♡: 갑자기 태도가 바뀌었어! 대체 뭘 시키려고
그래요. ㅠㅠ]

　[나: 별거 아냐. 내 천재적인 재능을 발휘할 때가 왔을 뿐이
지.]

　[귀요미 아내♡: ㅋㅋㅋㅋㅋㅋ 또 그 소리 ㅋㅋㅋㅋ]

　휘파람을 불며 체크아웃을 하고 호텔을 나섰다. 시험 성적도

그렇고 여러 가지로 끝내주는 하루였다.

집에 돌아와서는 본격적으로 카르마 보상을 어떻게 받을까 궁리하기 시작했다.

"내가 가진 모든 스킬을 보여줘."

—시험자 김현호가 습득한 모든 스킬을 보여드립니다.

—메인스킬: 정령술(초급 7레벨).
—보조스킬: 체력보정(중급 5레벨), 길잡이(초급 1레벨), 순간이동(초급 4레벨).
—특수스킬: 스킬합성.
—합성스킬: 바람의 가호(초급 5레벨), 불꽃의 가호(초급 1레벨), 운동신경(중급 3레벨), 생명의 불꽃(중급 2레벨), 투과(초급 1레벨), 가공간(초급 4레벨), 사격(초급 1레벨).

—잔여 카르마: +5,100

"정령술을 중급 1레벨까지 올리려면 얼마나 필요하지?"

이번에 내가 가장 중시 여기게 된 정령술에 초점이 맞춰졌다.

내 물음에 석판의 글씨가 꿈틀거리며 변했다.

—정령술(메인스킬)을 중급 1레벨로 올리는 데 필요한 카르마를 보여드립니다.
—정령술(메인스킬): 중급 정령술을 소환하여 대자연의 힘을 발휘하

며, 주변 자연의 기운을 받아 육체 능력이 향상됩니다.

　＊소환 가능한 정령: 실프, 카샤

　＊중급 1레벨: 소환 시간 5시간

　ㅡ중급 1레벨까지 올리는 데 5,1ㅁㅁ카르마가 소모됩니다.


　ㅡ잔여 카르마: +5,1ㅁㅁ


　'귀신이냐.'

　내가 5,100카르마 갖고 있는 걸 어떻게 알고!

　역시 메인스킬이라 그런지 중급 1레벨까지 올리는 데 대량의 카르마가 소모된다.

　하지만 그만한 가치가 있었다. 정령을 소환하지 않아도 자연의 힘으로 육체 능력이 향상될 수 있기 때문이다.

　'데릭이 어째서 나보다 빨리 달릴 수 있었는지 다 설명되네.'

　어째서 생명의 나무를 잃으면 엘프들이 약해지는지도 이걸로 확실히 알 수 있었다.

　자연의 힘으로 강화되는 육체 능력.

　바로 그 엘프들의 특성이 중급 정령술을 얻으면 나도 얻을 수 있게 되는 것이다.

　내가 얻을 수 있는 효과는 그뿐만이 아니다.

　바람의 가호.

　불꽃의 가호.

　이 두 스킬도 정령술의 영향을 받는다. 정령술이 중급 1레벨이 되면, 두 스킬의 위력도 강화되는 것이다.

'운동신경을 올려보는 건 어떨까?'

요번 6회차 시험을 보면서 1년 내내 바이올린 연습을 했는데, 간신히 운동신경을 레벨 하나 올렸다.

앞으로 운동신경은 수련으로 올리기가 매우 빡세질 것 같았다.

'아, 갈등 때리네!'

나는 머리를 싸쥐고 갈등했다. 올리고 싶은 스킬이 한두 가지가 아니었다.

하지만 욕심을 전부 충족시킬 수는 없는 법.

나는 결정을 내렸다.

"정령술을 중급 1레벨까지 올린다!"

이제 나도 벌써 6회차 시험자. 7회차를 앞두고 있다.

수상한 흑마법사 조직과 충돌하기도 한 이상, 그들과 맞서 싸울 가장 효과적인 수단이 정령술이었다.

'흑마법과 자연의 힘은 서로 상극이니까.'

지난번에 존 오멘토라는 깡마른 중년 네크로맨서와 싸우면서 알게 된 사실이었다.


—5,1ㅁㅁ카르마로 정령술(메인스킬)을 중급 1레벨까지 올립니다.


파앗!

석판에서 뿜어져 나온 빛이 내 몸에 스며들었다.


—잔여 카르마: ㅁ

"에휴."

0으로 변한 잔여 카르마를 보니 한숨이 나온다.

월급이 잠시 통장을 스쳐 지나간 월급쟁이의 설움이 바로 이런 거구나.

아무튼 정령술이 중급에 이르자 몸에도 무언가 변화가 생겼다.

묘한 기운이 몸 안에 흐르고 있는 게 느껴졌다.

'이게 자연의 힘인가?'

따스하고 기분 좋은 걸 보니 뭔가 좋은 기운임은 확실했다.

오러 컨트롤을 메인스킬로 선택하지 않았기 때문에 내 육체는 현재의 체력보정 중급 5레벨이 한계였지만 자연의 힘으로 극복할 수 있게 되었다.

'상급 정령술은 오딘이 보여주었던 오러 마스터의 경지와 비교해도 꿀리지 않을 거야!'

데릭이 그것을 보여주었다.

상급 정령과 직접 융합되어서 막강한 정령의 능력을 발휘하는 엄청난 기술!

그 정도면 육체적으로는 밀리더라도 충분히 극복 가능한 이점이 있었다.

'사격에 정령술을 가미하는 방법을 더 연구해 봐야지.'

쉬면서 틈틈이 생각해 봐야 할 듯했다. 이번 휴식 시간은 100일이나 되니까 말이다.

[귀요미 아내♡: 참, 김치찌개 해놨으니까 챙겨 드세요.]

메시지를 받고서 비로소 나는 배가 고파왔다.

엘프들이 육식을 안 해서 나까지 1년 내내 채식을 해왔더랬다.

'고기 좀 많이 들어 있으면 좋겠는데.'

부엌에서 가스레인지에 놓인 김치찌개를 확인해 보았다.

찌개 안에 김치가 반 돼지고기가 반이었다.

[나: 이게 김치찌개야 돼지고기찌개야?]

[귀요미 아내♡: 그래서 불만?]

[나: 매우 훌륭하다.]

[귀요미 아내♡: ㅋㅋㅋ]

밥솥에서 현미밥을 산더미처럼 푸고, 김치찌개와 함께 폭풍 흡입을 시작했다.

1년 만에 먹는 고기! 맛있어서 미칠 것 같았다.

＊　　　＊　　　＊

'왜 연락이 없지?'

시간이 흘러 어느새 밤 10시가 지나고 있었다. 그런데 민정에게서는 아무런 연락도 없었다.

'애도 아니고 술자리에서 늦게까지 놀 수는 있지만……'

그래도 내가 데리러 간다고 했는데 이 시간까지 연락이 없는 건 좀 그랬다.

나는 문자를 보내봤다.

[나: 잘 놀고 있어? 지금 안 데리러 가도 돼?]

그때 민정에게서 전화가 걸려왔다.

"여보세요? 천안이야?"

―히히, 우리 자기! 내 전화 애타게 기다렸어요? 우쭈쭈.

음, 술에 취한 목소리였다.

"애타게 기다리고 있었지."

―왜에? 왜에?

"보고 싶으니까."

―히히히, 보고 싶었어? 우쭈쭈, 그래그래!

"거기 어디야?"

―히히, 잘생긴 우리 자기.

딴소리를 한다.

고주망태의 특성이 발휘되기 시작했구나.

"……내가 잘생기긴 했지."

―돈 많고 몸 좋고 잘생긴 우리 자기!

"그래그래, 돈 많은 호구 오빠 여기 있단다."

―히히히히히!

민정이 꺄르르 웃었다. 아주 술에 꽐라가 되어 있었다.

"거기 어디야, 민정아."

―여기 아르페지오.

"아르페지오? 거기가 어디야?"

―아르페지오는…… 아르페지온데. 히히!

아마 술집 이름이지 싶었다.

"천안이지?"

―응!

"지금 갈게 기다려."

―히히, 우리 자기 온다. 보고 싶었는데 이리 온다. 히히히.

'에휴.'

통화를 끊은 나는 옷을 갈아입고 지하주차장으로 내려갔다. 내비게이션에 '천안 아르페지오'를 검색하니까 정말로 그런 술집이 있었다.

포르쉐 카이엔을 몰고 바람처럼 천안으로 달려갔다.

저렇게 술에 취하도록 마시다니! 저러다 웬 사내새끼가 업어갈지 누가 안단 말인가.

고속도로를 따라 거의 바람처럼 달렸다. 과속딱지 몇 개를 끊었을 것 같았다. 길거리에 차를 세워놓으니 지나가던 몇몇 사람이 내 차를 쳐다본다.

아, 잊고 있었다. 내 차 좋은 차였지. SUV라서 겉보기에 화려하진 않은데, 포르쉐 로고는 다들 알아본다.

'그러고 보니 민정이 친구들도 있겠네. 나 괜찮나?'

난 내 옷차림을 슥 훑어봤다. 대충 입고 나왔는데도 나쁘지 않았다. 스튜어디스 이수현이 코펜하겐에서 코디해 줬던 옷차림이었다.

돈이 많아진 후로 기본적으로 비싸고 좋은 옷만 사서 그런지 뭘 입어도 대충 기본은 하는 나였다.

무엇보다 몸이 좋아지니까 뭘 입어도 옷걸이다.

'이 정도면 괜찮지.'

자화자찬을 하며 나는 술집으로 들어섰다.

길잡이 스킬로 쉽게 민정이 있는 자리를 찾아갔다.

그런데…….

'뭐야, 저 새끼는?'

나는 어안이 벙벙했다.

술자리라면서? 친구들은 다 어디로 갔단 말인가?

민정은 술에 취한 나머지 잠들어 있었다. 그런데 문제는 웬 어린 남자의 어깨에 기대고 있다는 점이었다.

이제 갓 스무 살을 넘긴 듯한 앳된 청년은 민정에게 어깨를 빌려준 채 가만히 있었다.

'이게 무슨 경우지?'

키도 크고 잘생긴 놈이라 더 열 받는다.

1년 만에 민정과 재회한 거였는데, 저딴 모습을 봐야 한다니.

"아, 민정 누나 남친분 맞으시죠?"

청년이 날 보더니 알은체를 해왔다. 놈은 자기 어깨에 기대고 있는 민정을 보고는 멋쩍은 얼굴이 되었다.

"죄송합니다. 누나가 워낙 취하셔서."

"다른 친구분들은요?"

계속 어처구나가 없어서 가만히 있다가 내가 물었다.

"다들 먼저 일어나셨어요."

"그래요? 알겠습니다."

나는 민정을 부축했다. 어깨를 흔들며 깨워봤지만 일어나지 않는다. 혀를 차고는 민정을 들쳐 업었다.

"가볼게요."

가볍게 인사하고 떠나려 할 때였다. 청년이 뜬금없이 날 붙잡 았다.

"잠깐만요."

"뭐죠?"

가뜩이나 기분이 별로 좋지 않아서 내 목소리에 짜증이 묻어 나왔다.

청년은 잠시 뜸 들이는가 싶다가 말했다.

"말씀 많이 들었어요. 돈도 많고 되게 잘나가신다고요."

"그래요?"

"좋은 차 끌고, 입고 계신 옷도 신발도 전부 다 명품이시고, 잘생기셨고, 주변에 여자 많으시겠어요."

이 새끼가 대체 뭔 소릴 하려는 걸까?

"근데? 그래서 어쩌라고?"

이제 내 말투가 더는 곱게 나갈 수 없게 되었다.

"진지한 마음이 아니시면 민정이 누나 저한테 양보해 주실 수 없나요?"

"뭐?"

"전 정말 진지해요. 민정이 누나가 좋아서 미칠 것 같아요. 실례인 건 알지만 꼭 좀 부탁드릴게요."

그러면서 90도로 허리를 숙이는 꼬락서니가 가관이었다.

나는 어이가 없어서 청년을 바라보았다.

"야."

"네."

"어릴 때부터 착하다, 예의 바르다, 소리 많이 듣고 산 타입이 겠다. 생긴 것도 멀쩡하고 많이 사랑받고 살았겠어."

어리둥절한 청년에게 내가 계속 말했다.

"근데 그렇게 착한 척, 예의 깍듯한 척, 사랑에 목숨 바친 순정인 척 다 하면, 그런 좆같은 소리를 해도 용서받을 줄 알았어?"

"……?!"

청년의 얼굴이 딱딱하게 굳었다.

"내가 더 맞혀볼까? 이딴 일 생기고 나면 내가 민정이랑 대판 싸우다가 헤어지기라도 바랐나 보지? 임자 있는 여자가 술 취해 잠들었더니 어깨까지 빌려주고, 아주 그림 좋게 있더라. 너 정말 죽고 싶냐?"

"아, 아니, 전 그게……!"

"넌 한 번만 더 내 눈에 띄면 그 아가리를 뜯어놓는다."

내가 똑바로 노려보자 청년의 얼굴이 창백하게 질렸다.

순한 녀석이라 아쉽다. 적당히 싸가지도 없었으면 패기 있게 덤볐을 게 아닌가. 그럼 개 패듯 쥐어 팼을 텐데.

카운터에 물어보니 술값은 먼저 떠난 친구들이 계산한 모양이었다.

난 민정을 조수석에 태우고 안전벨트를 메어주었다.

시동을 켜고 신경질적으로 엑셀을 밟아 출발했다. 차가 좋아서 몇 초 만에 속력이 나왔다.

속이 부글부글 끓어서 이성을 유지하기가 힘들었다.

'내가 이걸 어떻게 받아들여야 하는 거야?'

저런 새끼가 주변에 얼쩡거리고 있었던 거야? 그런데 버젓이 같이 술자리에 참석했어?

흘깃 민정을 보았다.

참 남의 속도 모르고 잘도 자고 있다. 자는 모습도 참 예쁜데, 그래서 더 부글부글 끓는다.

1년 만에 돌아왔더니, 마치 내 빈 자리를 그 어린 새끼가.

그러다가 문득 웃음이 터져 나왔다.

나는 나직이 웃었다.

'이게 뭐 하는 짓이지?

내가 왜 이딴 하찮은 연애질로 마음이 상해야 하는 거야?

여러 목숨 달린 전쟁을 치르고 죽은 동료의 복수까지 마치고 돌아왔다.

그러고 나서야 얻은 100일간의 휴식 시간인데, 왜!

그에 비하면 시답잖은 이런 문제 때문에 스트레스를 받아야 하냔 말이다!

화가 나서 견딜 수가 없었다.

나는 스마트폰을 꺼내 현지에게 전화를 걸었다.

—어, 오빠 왜?

"민정이 오늘 네 방에서 재워라."

—왜?

"꼴 보기 싫어서."

—왜 그래……. 무슨 일 있어?

"술 취해 꼴아 있었고 단둘이 같이 있던 사내새끼는 나더러 민정이 양보해 달란다."

—으악.

"지금 그리로 간다."

—아, 알았어.

나는 집에서 가까운 현지의 원룸에 민정을 내려놓았다.

"오빠 괜찮아?"

"응."

"안 괜찮아 보이는데."

"아냐. 그냥 좀 짜증나서 그래. 다 귀찮다. 이게 뭐 하는 짓거
린지."

"오빠, 그래도 화 좀 삭혀. 민정이 바람피울 애 아니야."

"나도 알아."

"알면 오빠가 참지 그래."

"내가 왜 그런 스트레스를 참아가며 연애해야 하는데? 연애
가 그렇게 중요해?"

"······."

"됐어. 아무튼 갈게."

"응."

그대로 집에 돌아온 나는 옷을 아무렇게나 벗어던지고 침대
에 드러누웠다.


*          *          *


"우웅, 오빠."

민정은 침대에서 뒤척이면서 본능적으로 옆 사람의 품속에
파고들었다.

그런데 문득 들려오는 여자 목소리.

"징그러, 이년아. 누가 오빠야?"

"……?"

민정은 눈을 부스스 떴다.

뚱한 표정을 한 현지가 보였다.

비로소 현지의 품에서 빠져나온 민정은 어리둥절해서 주위를 쳐다보았다.

12평 남짓한 원룸의 풍경이 눈에 들어왔다.

"여기 어디야?"

"내 방이지 어디야."

"내가 왜 여기에 있어?"

"오빠가 너 여기 내려놓고 갔어."

"현호 오빠?"

"다른 오빠도 있냐?"

그제야 민정은 정신이 번쩍 들었다.

"아, 맞다! 나 오빠한테 연락했던가?"

"했다던데. 그러니까 너 데리러 갔었지."

민정은 급히 스마트폰을 꺼내 통화기록을 살폈다.

다행히 현호와의 통화기록이 있었다. 그런데 그걸 보고 민정은 어리둥절해졌다.

"근데 왜 오빠가 날 여기 내려놓고 간 거야?"

현지는 혀를 쯧쯧 찼다.

"아무것도 기억 안 나냐?"

"응, 너무 많이 마셔서……."

"쯧쯧, 요즘 술 좀 자제한다 싶었더니 또 필름 끊길 때까지 퍼마셨냐."

"학원 사람들이랑 마지막 날이라……. 근데 무슨 일 있었어? 오빠 왜 나 집에 안 데려가고 여기 내려놓은 거야?"

"너 사고 쳤어, 이년아."

"뭐? 무슨 사고?"

민정의 얼굴에 두려움이 어렸다. 설마 무슨 실수라도 했단 말인가?

"단둘이 같이 있었다던 그 사내놈은 누구야?"

"다, 단둘이?!"

"그랬다던데. 술집 가보니까 친구들은 없고 너랑 남자랑 단둘이 있었대."

"뭐, 뭐야. 딴 애들은 다 가버렸다고?"

"그래."

"아이 씨, 어떡해! 그래서 어떻게 됐어?"

"오빠더러 너 포기할 수 없냐고 물었다더라. 그 당찬 놈은 누구야?"

민정의 안색이 창백하게 질렸다.

"어떡해! 오빠 많이 화났어?"

"화났으니까 너 여기 버려놓고 갔지."

"어, 얼마나 화났는데?"

"다 귀찮대. 이게 뭐 하는 짓거린지 모르겠다고. 자긴 그런 스트레스를 감당할 정도로 연애가 중요하지 않대. 잘못하면 너 이거 한 방에 훅 가겠다."

민정의 얼굴에 두려움이 어렸다. 민정은 후다닥 일어나 옷을 입었다.

"어디 가, 이 시간에?"

"집에 가야지!"

"새벽이야, 이것아."

"그래도 가야 해! 빨리 가서 빌지 않으면 늦는단 말이야!"

"알긴 아네. 택시 불러주랴?"

"응!"

현지는 전화를 걸어 택시를 불렀다.

민정은 안절부절못하면서 계속 현지에게 오빠 많이 화나 보였냐고 물어댔다.

"차라리 머리끝까지 화났으면 다행이지. 그럼 화 풀어주면 되니까."

"그럼?"

"다 귀찮다고 때려 칠 기세였다니까."

"아이 씨! 나 어떡해! 완전 망했어!"

"그러게 누가 끼 부리고 다니래? 또 여기저기 썸 타고 다녔어?"

"그런 거 아니란 말이야!"

민정은 울상이 되어서 소리쳤다.

"학원 친구들이 장난으로 술자리에 걔 불렀단 말이야! 아이 씨, 나 이제 어떡해!"

"어떡하긴. 빌어도 안 되면 마는 거지."

"너 남 일 아니라고 그렇게 말할래?!"

민정이 화를 냈다.

깜짝 놀란 현지가 물었다.

"그렇게 진지한 거였어?"

"그래! 그럼 내가 현호 오빠랑 장난으로 노는 것처럼 보였어?"

"응, 너 원래 그랬잖아. 오빠도 그거 다 알고 사귄 거 아냐?"

그 말에 민정은 멍해졌다.

이 일로 현호의 눈에도 자신이 그렇게 보이고 있을지도 모른다.

현호는 조신하고 처신이 깔끔한 여자를 좋아했다. 그래서 민정은 그동안 현호만 바라보며 많이 노력하며 신뢰를 쌓아나갔다.

자신이 현지와 함께 어울리며 가볍게 놀던 여자라는 걸 현호도 알고 있기에, 그 이미지를 벗기 위해 얼마나 노력했던가.

그런데 겨우 이런 사건 하나로 그동안의 신뢰가 송두리째 잃어버릴지도 몰랐다.

택시가 집 앞에 도착하자 민정은 허겁지겁 나섰다.

\*　　　\*　　　\*

커튼 틈새로 들어오는 아침햇살에 잠에서 깼다. 등 뒤에서 익숙한 체온과 감촉이 느껴진다.

언제 돌아온 걸까.

민정이 등 뒤에서 나를 꼬옥 끌어안은 채 잠들어 있었다.

'왔나 보네.'

현지의 원룸에서 정신이 들자마자 급히 돌아온 모양이었다.

그 태도는 마음에 들어서 어젯밤의 울화는 어느 정도 수그러들었다.

하지만 그렇다고 이대로 넘어길 일은 아니었다.

나는 조심스럽게 민정을 뿌리치고 일어났다. 침실에서 나와 손님용 방 침대에 누워 좀 더 잠을 청했다.

그런데 잠시 후,

끼익.

어느새 깨어난 민정이 들어와 내 옆에 가만히 눕는 것이었다.

말없이 내 품에 파고든다. 잘못했다고, 용서해 달라는 애교 섞인 표현이었다.

"……."

"……."

우리는 아무런 말도 없었다.

뭐라고 말해야 할지 갈피를 잡을 수 없었다.

머릿속에 생각했던 조금은 모진 결정들이 차마 입 밖에 나오지 않았다.

그런데 민정이 입을 열었다.

"오빠."

"응."

"잘못했어요."

"……."

민정이 선수를 쳤다.

"근데 제 얘기도 좀 들어주세요. 변명 아니에요. 정말 잘못했어요. 제 얘기만 좀 들어주세요."

"해봐."

"어젯밤에 걔는 김민석이라는 스무 살짜리 애예요."

"어리네. 그런 애가 너 좋다고 아주 목메던데 몰랐다고 하려고?"

몰랐다고 하기만 해봐라. 민정처럼 눈치 빠른 애가 몰랐을 리가 있나.

"알고 있었죠. 일부러 모른 척했어요."

"근데?"

"모른 척했는데, 학원 친구들이 자꾸 장난으로 걔랑 나 연결시키려 하는 거예요. 걔가 너 좋아하는 것 같다, 한번 잘해봐라, 하면서요."

"씨발년들."

"제 말이요. 어제 술자리에도 걔들이 저 몰래 그 애를 데려온 거예요. 당황했는데 그렇다고 그냥 일어나기도 뭐하고 해서 억지로 어울렸어요."

"그래서 너 좋다는 놈 있는 술자리에서 취하도록 마셨다?"

"잘못했어요, 오빠. 오랜만에 마시는 술이라 절제를 못했어요. 다시는 입에도 안 댈게요."

잘못한 부분은 싹싹 용서를 비는 민정이었다.

"근데 그년들은 너랑 그 자식만 둘이 놔두고 먼저 가버렸어?"

"지들 딴엔 장난이라고 또 그랬겠죠. 어젯밤에 걔네들 번호 전부 차단시켰어요. 다시는 상종도 안 할 거예요."

"걔네들은 대체 왜 그런데?"

"샘나는 거예요."

"샘나?"

"전에 오빠가 저 데리러 왔을 때 걔들이 되게 부러워했어요. 거기다 김민석도 학원에서는 인기 많았는데 저 좋아하고, 그래서 샘나서 장난인 척하면서 그런 짓 한 거겠죠."

"그렇게까지?"

질투 난다고 남의 커플 파탄 낼 짓을 장난이라고 하다니?

"원래 여자들이 그래요. 지현이랑 현지는 그런 애들 아니니까 절친이고요."

듣고 보니 민정도 억울해할 만했다. 김민석과 평소에 거리를 두려고 했던 점에서 다소 화가 누그러진다.

민정은 어젯밤의 과음만 빼면 딱히 처신을 잘못한 건 없었다.

'그래, 민정이 입장에서는 내가 사소한 일로 너무 과하게 화를 낸다고 생각할 수도 있을 거야.'

난 1년 만에 돌아온 거였다. 그 오랜 시간 싸우다가 돌아왔더니 어제 같은 꼴을 보게 되어서 확 열 받은 감이 없지 않았다.

하지만 민정으로서는 그동안 잘 지내다가 하루 만에 관계가 흔들리게 된 셈이었다.

"민정아."

"네, 오빠."

"역시 우리는 안 맞는 걸까?"

그러자 민정은 불안해졌는지 더 강하게 나를 끌어안는다.

"나한테 맞춰주려고 많이 노력하는 거 다 알아. 왜 모르겠어. 근데 나는 그만큼 네게 신경 써줄 수가 없어."

"안 그래요, 오빠."

"말은 할 수 없지만, 내가 가끔씩 일을 하러 떠나야 할 때가 있어. 너무 힘든 일이라 내 모든 걸 쏟아야 할 정도야. 그래서……."

"……."

"이렇게 돌아와 있을 때는, 내 여자랑 있을 때만큼은 편하고 싶어. 신경 쓰고 싶지 않고 스트레스 받고 싶지도 않아. 이게 어찌 보면 무성의하고 배려 없는 거지."

"그런 말씀 마세요."

"그런 내 기분을 맞춰주려고 네가 너무 고생하는 것 같아 미안해."

"저 고생 같은 거 안 해요. 한 번도 오빠한테 섭섭한 적 없었어요."

"……정말?"

"네."

민정은 부스럭거리며 반대편으로 건너와 나와 똑바로 마주보았다.

"더 욕심 안 낼게요. 그냥 지금처럼 함께 지냈으면 좋겠어요. 제가 더 잘할게요. 오빠가 편하다고 느끼게요."

그 순간, 민정의 눈동자가 그렇게 예쁠 수가 없었다.

나는 그녀에게 입을 맞췄다. 윗입술, 아랫입술을 부드럽게 맞대고 당긴다. 보드라운 감촉.

"오빠."

"응."

"소원은요?"

"소원?"

"어제요, 뭐든지……. 나도 기대돼서 무지 설레었는데."

나는 그만 웃음을 터뜨리고 말았다. 그녀를 바로 눕히고 위로 올랐다.

"내 소원이 뭔지 알아?"

"뭐예요?"

"멈추지 않는 거."

민정의 얼굴이 붉게 상기되었다. 다시 한 번 입을 맞추고, 셔츠를 벗겼다.

"내가 직성이 풀릴 때까지, 절대로 멈추지 않는 거."

"오빠 마음대로 하세요."

민정은 눈을 빛내며 두 팔로 내 목을 끌어안았다.

그렇게 얼마나 시간을 보냈는지 모른다.

커튼도 닫혀 있고 시계도 없어 해가 어디에 떠 있는지 알 수 없었다.

그 긴 시간 동안, 내가 힘들다고 느껴질 정도로 원 없이 사랑을 나눴다.

띵동~

지쳤는지 내 팔을 베고 곤히 자던 민정은 메신저 알림음 때문에 깨어났다.

여자의 본능인가.

민정은 반사적으로 머리맡의 스마트폰을 집었다.

"누구야?"

"현지요. 절 걱정하고 있어요."

"괜찮다고 답장 보내줘."

"네."

민정은 뭐가 그렇게 재미있는지 싱글벙글하며 답장을 작성했다.

옆에서 흘깃 훔쳐보니,

[나 오늘 두 번이나 정신줄 놨어 히잉♡]

"잠깐, 그 손 멈춰!"

"히히!"

"멈추지 못할까!"

그러나 여자의 터치 속도는 전광석화였다. 메시지가 전송되고 말았다.

"그, 그런 문자를 보내면……!"

잠시 후 나에게 현지의 문자가 왔다.

[현지: 올, 천잰데?]

"크아악! 유민정, 너 이리 와!"

"꺅, 잘못했어요!"

"잘못했다는 소리가 아주 습관이지?! 상대는 내 여동생이라고! 니들은 미쳤어! 제정신이 아니라고!"

"아잉, 오빠~"

우리는 투덕투덕 다퉜다.

그렇게 다사다난한 6회차 휴식이 시작되었다.

\*          \*          \*

바이올린 교습은 그만두었다.

재능이 있으니까 그만두지 말라고 선생이 설득했지만, 더 이상 이걸로 운동신경 스킬 레벨을 올리는 건 무리라서 깨끗이 접었다.

'이젠 다른 종목을 찾아야겠다.'

피아노를 해볼까?

나는 고개를 저었다.

음악은 이제 됐다. 오선지의 콩나물만 봐도 이제 신물이 난다. 음악은 역시 내 적성이 아니었다.

그보다는 실전에서 써먹을 수 있는 무술이 좋아 보였다.

'가만, 내가 왜 그 생각을 못했지?

문득 떠오른 생각이 있었다.

'가공간에 소총이나 수류탄 같은 총기류를 담아갈 수는 없는 걸까?

하지만 가공간을 합성한 재료는 바로 순간이동과 아이템백이었다.

아이템백에 그런 무기를 넣을 수 있었다면 진즉에 연구소에서 수류탄을 담아가게 했을 것이다.

'그래도 아이템백과 내 가공간 스킬은 다르잖아. 한번 시도해 볼까?

일단은 오딘에게 전화를 걸어 보았다. 그 역시 지금쯤 아레나에서 돌아왔을 터였다.

―김현호 씨, 시험은 어땠소?

오딘이 반갑게 받았다.

"완벽하게 클리어했죠."

─완벽하게라. 엘프를 승리로 이끈 당신의 활약상으로 보아 대단한 보상을 받았겠군.

"예, 덕분에요."

─잘된 일이오. 그런데 무슨 일로 전화하셨소?

"혹시 아이템백에 수류탄 같은 무기를 넣을 수 있나 해서요."

─불가능하오.

"……역시 그런가요?"

─그게 가능했으면 나도 진즉에 아이템백에 이것저것 챙기지 않았겠소? 화기와 전자기기는 아이템백에 보관할 수는 있어도, 아레나에서 꺼낼 수는 없더군.

"그건 반칙이니까 금지한 걸까요?"

─아레나 문명의 질서가 파괴되는 걸 원치 않는 것 같소. 예전에 미국이 아레나에 태양열 발전기를 조립하려고 시도한 적이 있었는데, 전부 설계대로 조립했음에도 작동이 되지 않았다더군.

그런 일이 있었단 말이야?

그런 시도를 한 미국도 대단하다.

"카르마 보상으로 아이템화하면 가능하겠죠?"

─그렇겠소만, 태양열 발전기를 아이템화하려면 대체 어느 정도의 카르마가 필요할 것 같소?

"하하, 그렇겠네요."

상상만 해도 아찔할 정도로 많은 카르마가 소모될 것 같다. 수납은 되는데 아레나에서는 꺼낼 수 없다니, 가공간 스킬도 소용없을 것 같았다.

'역시 꼼수는 안 된다는 거냐.'

하는 수 없구나. 역시 무기가 아니라 니 자신이 직접 강해지는 수밖에 없다.

─여러 가지 고민이 많은가 보오.

"그렇죠. 어떻게든 더 강해져야 하니까요."

─강해지고 싶다······.

오딘은 무언가 고민을 하는 기색이었다.

─정말 강해지고 싶소?

"물론이죠."

─내가 일전에 당신을 돕는데 돈을 받았던 것 기억하시오?

"예."

─하지만 난 그대를 돕지 못했고, 그 대가로 1,000카르마 이내에서 원하는 아이템을 말해보라고 했었지.

"기억합니다."

─어째서 1,000카르마였을 것 같소?

"네?"

나는 의아함을 느꼈다. 하지만 그 말뜻을 조금 곱씹어 보니, 무언가가 생각날 것 같았다.

"설마, 카르마를 현금으로 파는 시험자가 있는 건가요?"

─맞소.

오딘의 말뜻은 그거였다.

굳이 1,000카르마였던 이유!

그건 카르마가 거래되는 시세가 한화 100억 원에 1,000카르마 정도였던 것이다.

돈으로 카르마를 살 수 있다니!

그런 건 생각지도 못했다.

"아무리 돈이 좋대도, 카르마를 돈 받고 파는 시험자가 있다고요?"

―있소. 하지만 난 이 사실을 당신에게 말해주지 않았지. 박진성 회장도 마찬가지고. 왜일 것 같소?

"왜죠?"

―카르마를 돈 받고 파는 시험자들은, 그만큼 돈에 미친 작자들뿐이오. 누구일 것 같소?

뇌리에 뭔가가 스쳤다.

오딘이 증오 가득한 목소리로 욕했던 이들이 생각났다.

"중국의 시험자들?"

―기억하시는군. 그렇소. 돈 되는 마정을 얻겠다고 아레나에서 사람까지 살육하는 미친놈들. 카르마 거래는 대부분 그놈들과 해야 하오. 그래서 말하지 않았소.

"……."

―그런 질 나쁜 놈들과 얽히게 하고 싶지 않았기 때문이오.

"이해합니다."

―하지만 정 그런 거래를 하고 싶다면 내가 주선해 주겠소.

"오딘 씨가 직접요?"

―거래 상대가 나라면 그놈들이 감히 함부로 수작질을 부리지 못하거든. 게다가 당신의 신분을 중국 놈들에게 노출시키고 싶지도 않고.

"생명의 불꽃 말이죠?"

—맞소. 그게 가장 걱정되오. 사람 목숨을 살리는 그 능력은 엄청난 돈을 벌 수 있소. 중국 놈들이 당신을 노리지 않을 리가 없지.

오딘 말이 옳았다.

사람까지 살육하면서 마정을 획득하는 미친놈들이라면 그 정도 범죄쯤은 얼마든지 저지를 것 같았다.

—그렇지 않아도 걱정이오. 박진성 회장이 병을 고치기 위해 백방을 뛰어다닌 건 이 바닥에서는 비교적 많이 알려진 일이오. 그런데 이제 정정하게 복귀한 박진성 회장을 보고 이 바닥 관계자들이 무슨 생각을 할 것 같소?

"……."

# 10장

카르마 거래

오딘이 계속 말했다.

—누군가가 박진성 회장을 치료했다는 건 이미 알려졌소. 하지만 그게 당신이라는 사실은 아직 아는 사람이 몇 없지.

그 사실을 아는 사람은 오딘뿐이다.

하지만 한국아레나연구소도 대충 짐작은 했겠지.

박진성 회장이 나를 연구소에서 빼냈고, 그로부터 얼마 지나지 않아 그가 완쾌되었으니까.

—늦든 빠르든 김현호 씨의 정체는 노출될 거요. 그때를 대비해서 하루빨리 당신이 자기 한 몸을 지킬 수 있을 정도로 강해져야 하오.

"그래서 카르마 거래에 대해 말씀하셨군요?"

—그렇소. 그렇게 해서라도 하루라도 빨리 강해져야 하오.

오딘의 말이 이어졌다.

—카르마의 시세는 대체로 100카르마당 100만 달러요. 100만 달러를 지불하면 100카르마어치의 아이템을 주지. 원하는 아이템이 있다면 좋지만 필요한 게 카르마면 그 아이템을 카르마로 환불받아야 하지.

"실질적으로는 100만 달러당 50카르마네요."

"맞소."

무진장 비싸다.

그럼 1,000카르마를 사려면 무려 1,000만 달러, 한화로 대충 100억 원 아닌가.

—돈을 주면 내가 그들과 거래해서 카르마를 사다주겠소.

"그래도 될까요?"

—당신에게는 신세 진 게 많소. 내 딸 아이도 건강하고, 갈색 산맥의 엘프들과 우호관계를 맺은 덕에 지난 시험에서 예상보다 큰 성적을 거두었지.

"그래요? 잘됐네요."

엘프들과 동맹을 맺은 게 오딘에게도 이득이 됐다니 잘된 일이었다.

—내 계좌를 불러줄 테니, 생각이 있으면 사고 싶은 양만큼 돈을 입금하고 연락 주시오.

"알겠습니다. 정말 감사합니다."

오딘이 대신 거래해 준다면 나도 안심이었다.

통화를 마치고 나는 곰곰이 생각해 보았다.

현재 스위스 계좌에 대충 280억 원가량이 있었다.

그럼 대충 2,000만 달러로 2,000카르마어치 아이템을 받을 수 있다. 카르마로 환불받으면 1,000카르마.

'너무 적어.'

아무래도 돈이 더 필요하다.

박진성 회장에게 받은 돈이 많아서 더 이상 욕심이 없었는데, 이렇게 되면 나도 돈 벌이에 좀 더 집중할 필요가 있었다.

생각난 김에 나는 곧장 박진성 회장에게 전화를 걸었다.

설마 이 영감님, 이제 볼 장 다 봤다고 내 연락 안 받는 건 아니겠지?

―무슨 일이야?

다행히 곧장 받는 박진성 회장이었다.

"의외네요. 제 전화 안 씹으시고."

―인마, 나 그렇게 의리 없지 않아. 무슨 일로 전화했어?

"돈벌이를 좀 해야겠어요."

박진성 회장이 잠시 침묵했다.

이윽고 그가 말했다.

―카르마 살 거야?

헐, 역시 눈치 백단이구나.

"네."

―쯧, 중국 놈들하고 얽이면 안 좋은데. 내가 왜 널 산속의 산장에 출근시키면서 숨겨놨던 거라고 생각해?

"제 신분을 숨겨주시려고 그랬겠죠. 감사하게 생각하고 있습니다."

―알면 됐어. 그래, 돈이 얼마나 필요한데?

"다다익선이죠."

─100억이면 돼? 그 정돈 내가 그냥 줄 수 있어. 어차피 추가로 자네에게 사례하려고 했으니까.

"주신다니 감사히 받을게요. 근데 더 많이 필요해요. 회장님처럼 오늘내일하며 골골대는 영감님 없어요?"

─아, 괘씸한 놈 말버릇 봐라. 왜 없겠어? 그렇지 않아도 그것 때문에 내가 골치가 아픈데.

"골치가 왜 아파요?"

─그 에어백 안 터지는 차 만드는 노인네 있잖아.

"……미래자동차?"

─그래, 한만영 회장. 그 늙은이가 요즘 날 귀찮게 한단 말이야. 어떻게 치료한 거냐고 계속 날 귀찮게 굴어.

"그래서 말하셨어요?"

─미쳤어? 나 원래 불치병 아니었다고, 다 쇼였다고 거짓말했지. 근데 그 노인네가 믿는 눈치가 아니야. 그 영감도 아레나에 대해서 대충은 알거든.

"완쾌시켜 준다고 한다면 일시불로 얼마나 받을 수 있을까요?"

─그건 얼마나 더 살 수 있느냐에 달렸겠지. 병이 낫는데도 자기한테 남겨진 수명이 그리 길지 않다고 생각되면 큰돈은 안 쓰지 않을까? 그 양반 좀 구두쇠야.

"회장님은 치료받으시고 쌩쌩하시잖아요."

─그렇지. 그 영감도 나 다시 일선에 복귀해서 일하는 걸 보고 자극을 많이 받았어. 내가 잘 얘기하면 일시불로 800억까지

는 받아낼 수 있지 않을까 싶은데.

"구두쇠라면서요?"

─쓸데없이 돈을 낭비하고 싶어 하지 않는 거지. 미래그룹 창업자도 그랬거든. 근데 그만한 가치가 있다면 그 정도는 쾌히 지불할 거야.

800억이라니!

그럼 대충 8천만 달러라도 대충 환산해도 4,000카르마였다.

"800억이라니 굉장하네요."

─그렇지. 아무리 진성전사가 국내 최고라고 하지만, 그동안 쌓아놓은 현금은 미래 일가를 아직 못 따라가. 아무튼 소개시켜 줘?

"네, 근데 직접 만나는 건 싫어요. 회장님 비서들 통해서 불꽃을 전달하는 식으로 할게요."

─알았어. 그럼 100억이랑 이 거래 주선으로 빚은 다 갚은 거다?

"알았어요. 감사합니다."

가슴이 두근거린다.

이런 식으로 떼돈을 벌어서 족족이 카르마를 구매하면 단숨에 확 강해질 수 있는 것이다.

\*     \*     \*

이틀 후에 박진성 회장으로부터 문자메시지가 도착했다.

[박진성 회장: 700]

700억이라…….

어제 박진성 회장이 입금한 100억과 내 잔고를 합하면 대략 1,080억 가량인가.

'대단하다.'

그럼 1억 달러로 1만 카르마어치의 아이템을 받게 되는 것이다.

그 아이템들을 카르마로 환불받아도 무려 5,000카르마!

이번 6회차 시험에서 받은 보상만큼의 카르마가 생긴다!

'돈이야 얼마든지 벌 수 있으니까.'

현금은 전혀 아깝지 않았다.

박진성 회장과 미래자동차의 한만영 회장 같은 재벌들 중에 내 치료를 원하는 이가 얼마든지 있을 테니까.

나는 박진성 회장에게 답장을 보냈다.

[나: 할게요. 제 스위스 계좌로 입금되는 대로 차료를 시작하겠습니다.]

잠시 후, 또다시 내게 연락이 왔다.

그런데 이번에는 박진성 회장이 아니라, 진성그룹 제3비서실의 이정식 실장이었다.

―안녕하셨습니까.

"예, 오랜만이네요."

―내일부터 저희 측에서 매일 아침에 사람이 갈 겁니다. 시간은 어느 때가 좋겠습니까?

"오전 10시가 좋겠네요. 저 이사 갔는데 바뀐 주소 불러드릴
게요."

나는 현재 살고 있는 오피스텔 펜트하우스의 주소를 가르쳐
줬다.

─돈도 오늘 오후나 내일 중으로 입금되니 확인해 보십시오.

"예."

700억 가량을 곧바로 입금할 수 있다니, 미래그룹도 대단하
긴 하구나.

나는 오딘에게 연락했다.

─결정하셨소?

"예, 내일 중으로 1억 달러를 입금하겠습니다."

─허어, 상당히 큰 거래가 되겠군. 전부 카르마요?

"예."

─알겠소. 내 계좌를 불러드리지.

나는 오딘의 계좌를 받아 적었다. 역시나 스위스의 아레나 전
문 은행이었다.

그날 오후 스위스 은행과 연동된 모바일 뱅킹으로 입금 알림
이 떴다. 박진성 회장의 돈과 한만영 회장의 돈이 모두 입금되
었다.


[91,664,056.48(CHF)]


스위스 프랑으로 환산된 내 계좌 잔고였다.

미국 달러와 스위스 프랑의 환율을 계산해 보니 1억 달러는

93,560,320프랑이었다.

'어라? 잔고가 부족하네.'

나는 오딘에게 전화를 걸었다.

"정말 죄송한데 200만 프랑은 나중에 드려도 될까요?"

—하핫, 9천만 프랑만 보내시오.

"이거 죄송하네요."

—별말씀을 다 하시오.

그렇게 9천만 프랑을 오딘의 계좌로 이채하고 나니 남은 돈은 160만 프랑뿐이었다.

한화로 대충 19억 정도.

워낙 큰돈이 들어갔다 나간 후라서 그런지 19억이 푼돈처럼 보인다.

'돈은 정말 순간이구나.'

어디 돈벌이가 또 없을까?

사우디 왕가나 록펠러 가문처럼 돈이 썩어나는 작자들이 걸리면 몇 조씩 버는 것도 꿈은 아닐 터였다.

'그 정도 돈을 전부 카르마로 환산하는 건 불가능하겠지?

카르마가 고갈되어서 시세가 폭등할지도 모른다.

\*　　　\*　　　\*

진성그룹 제3비서실의 직원이 아침 10시에 나를 찾아왔다. 민정이 회사로 출근하고 없는 때라서 이 시간을 고른 것이다.

나는 직원이 건네는 검정색 병에 생명의 불꽃 2개를 넣었다.

"하루가 지나기 전에 복용해야 한다고 전하세요. 그리고 치료 기간은 20일입니다."

"알겠습니다."

직원은 검정색 병을 소중이 들고 떠났다.

나는 초조하게 오딘에게서 연락이 오기를 기다렸다.

'바로 거래할 수 있는 게 아니니까 여유를 갖고 기다려 보자.'

나는 매일 아침마다 찾아오는 직원에게 불꽃을 주며 하루하루를 보냈다.

가끔 현지 쓰라고 준 체크카드의 계좌를 확인해 보니, 요것이 요즘 씀씀이가 헤퍼져서 매일 카페나 식당에서 몇만 원씩 쓰고 있었다.

한마디 해줄까 하다가 그냥 참았다. 써봤자 얼마나 쓴다고.

일상생활은 스위스 계좌에 남은 잔고만으로도 충분히 풍족하게 보낼 수 있으니까.

그렇게 일주일이 흘렀다.

그사이에 박진성 회장이 연락을 해왔는데, 미래자동차의 한만영 회장이 크게 만족해한다면서 날 보고 싶어 한다는 것이었다.

당연히 거절했다.

내 신분이 노출되는 것은 원치 않으니까.

그리고 마침내 내가 기다렸던 연락이 왔다.

─거래는 성공적으로 마쳤소.

"정말요?"

─아무리 중국 놈들이라도 이런 큰 거래에서 나를 상대로 사기를 치지는 않지. 아무튼 시간 내서 덴마크로 오시겠소?

"그러죠. 내일 비행기로 당장 갈게요."

─티켓 끊고 도착 예정 시간을 알려주시오.

"예."

당장 항공사 홈페이지에 접속해서 내일 출발하는 티켓을 끊었다.

내일 오후 1시에 출발하는 비행기가 퍼스트 클래스 좌석이 남아 있어서 냉큼 예약했다. 회사에서 돌아온 민정에게 덴마크에 다녀온다는 사실을 알려주었다.

"또요?"

"응. 일이 있어서."

"덴마크에 일이 많은가 봐요?"

"그렇지."

"오빠 멋지다. 일 때문에 유럽에 드나들고. 힝, 저도 여행 가고 싶어요."

"휴가 받으면 말해. 좋은 데 데려갈게."

"정말요?"

민정이 눈을 반짝거린다.

그게 귀여워서 민정의 머리를 슥슥 쓰다듬어 주었다.

"대신 현지한테 말하지 말고. 또 같이 가겠다고 떼깡 부릴 텐데."

"히히, 알았어요."

그날 기분이 잔뜩 들뜬 민정은 성대한 저녁 식사를 차려주었다.

다음 날, 오전 10시에 찾아온 직원에게 생명의 불꽃 2개를 주고, 며칠간은 외국 출장으로 치료를 쉰다고 통보했다.

겨우 며칠 갖고 한만영 회장이 노발대발하지는 않겠지.

'불만이 있으면 뭐 어쩔 거야?'

나는 가벼운 마음으로 인천공항에서 덴마크 행 비행기에 몸을 실었다.

코펜하겐 공항에 도착해서 입국수속을 마치고 나와 택시를 잡아타기까지의 과정은 이제 익숙했다. 한두 번 와봤어야지.

언제나 만났던 호텔 지하의 레스토랑 룸에서 오딘과 재회할 수 있었다.

"어서 오시오."

"물건은요?"

"잘 받았소. 염려 놓으시오."

그러면서 오딘은 아이템들을 잔뜩 소환했다.

"소환, 아이템 백팩 20개."

그러자 20개나 되는 커다란 배낭이 한꺼번에 소환되어 룸에 가득 찼다.

"이, 이게 다 뭐예요?"

"아이템 백팩이오. 아이템백과 같은데 이건 용량이 큰 만큼 값도 비싸지. 개당 500카르마짜리 아이템이오."

나는 아이템 백팩 20개를 전부 건네받았다.

소유권이 나에게 이전되자 소환해제 시켜서 사라지게 만들 수 있었다. 그중 하나를 소환해서 석판을 통해 아이템 확인을 해보았다.

—아이템 백팩(대형): 아이템화하지 않은 물건을 수납하여 시험의 문을 통과할 수 있습니다. 마법처리된 가죽 재질로 찢어지지 않습니다.

　＊사이즈: 61×43×3ㅁ (—5ㅁㅁ)


"아이템 백팩 20개를 전부 카르마로 환불받겠다."
그러자 석판의 글씨가 변했다.

　—아이템 백팩(대형) ㄹㅁ개를 5,ㅁㅁㅁ카르마로 바꿀 수 있습니다.
　—바꾸시겠습니까?


"그래."
파앗!
석판에서 빛이 잠깐 번쩍였다.

　—아이템 백팩(대형) ㄹㅁ개가 소멸됩니다.
　—5,ㅁㅁㅁ카르마를 획득했습니다.
　—잔여 카르마: +5,ㅁㅁㅁ


"정말 5,000카르마가 생겼네요."
"축하하오. 그걸로 더욱 강해지겠군."
"정말 카르마를 돈으로 살 수 있을 줄은 몰랐어요. 아무리 돈이 소중해도 시험은 목숨이 걸렸는데 카르마를 팔다니……."

오딘은 글라스에 담긴 술을 쭉 들이켰다. 그리고는 이를 갈며 말했다.

"김현호 씨도 이제 이 바닥에 대해 조금은 알아야 할 때가 왔구려."

나는 오딘의 말에 경청했다.

"난 시험자들을 통틀어도 상당히 강한 편이오. 지금까지 한 번도 시험에 실패해 본 적이 없으니까."

"그런 것 같아요. 갈색산맥에서 보여주셨던 오러 소드에 정말 감탄했거든요."

오딘은 피식 웃으며 말했다.

"그렇소. 난 강한 편이오. 그런데 나만큼, 혹은 나보다 강한 시험자가 없다고 할 수는 없소. 50회차를 넘긴 괴물들도 있으니까."

50회차라는 말에 그만 아찔해진다.

그럼 대체 아레나에서 얼마나 살아왔단 말인가.

"당연하게도 시험의 최종 목적에 거의 도달한 시험자도 많이 있소. 그런데 아직까지 시험이 계속되는 이유가 무엇인지 아시오?"

"왜죠?"

"돈 때문이오."

"……?!"

"돈을 벌기 위해 의도적으로 시험을 더 이상 클리어하지 않는 것이오. 시험이 주어져도 아레나에서 마정을 모으는 데만 정신 팔린 것이지."

"하지만 시험을 치르지 않으면……."

"마이너스 카르마를 받지. 그전에 가지고 있던 카르마를 미리 처분해 버리는 것이오."

오딘의 설명은 이러했다.

일단은 시험을 착실히 클리어하면서 카르마 보상으로 강해진다. 그리고 어느 정도 강해졌다 싶으면 슬슬 마정 채취에 집중하게 된다.

한동안은 시험을 클리어하는 틈틈이 마정을 모으다가, 더 이상 시험과 돈 벌이를 병행할 수 없는 시점이 되었을 때, 과감하게 시험을 포기한다.

"중국은 공산당에서 차세대 에너지자원인 마정을 대량 확보하는 데 미쳐 있소. 시험자들에게 후한 대접을 해주고, 때로는 강제하면서 마정을 모아오게 하지."

"시험을 모두 이루지 않으면 시험자의 생존을 장담할 수 없게 되잖아요?"

"꼭 그렇지도 않소. 시험을 클리어하지 않고 안전한 곳에서 마정만 모으면 오히려 안전하지. 오히려 시험을 클리어하려면 목숨을 걸어야 하는 위험을 감수해야 하오."

나는 그만 멍해졌다.

시험을 포기하는 편이 도리어 안전하다고?

그게 가능하단 말인가?

율법은 이런 상황을 다 알고 있었을 텐데, 방치했단 말인가?

아무런 페널티도 주지 않고?

"시험을 의도적으로 포기한 시험자들에게 어떤 페널티도 없단 말씀이신가요?"

"페널티가 왜 없겠소? 마이너스 카르마란 그 자체가 페널티요."

"마이너스 카르마가 어떤 작용을 하나요?"

"마이너스 카르마가 누적된 시험자를 '타락한 시험자'라고 부르오. 타락한 시험자를 죽이면 그 마이너스만큼의 카르마를 얻을 수 있소."

"죽여 보셨나요?"

내가 물었다.

오딘은 고개를 끄덕였다.

"딱 한 번. 중국인 시험자였는데 강한 자였소. 하지만 나를 너무 얕봤지."

"그럼 그런 일반 시험자들이 그렇게 타락한 시험자를 많이 노리겠군요."

"적대관계요. 아주 훌륭한 사냥감이니까. 심지어 중국은 자기들끼리도 죽인다더군. 많은 마이너스 카르마를 쌓게 한 다음 죽여서 얻은 카르마를 팔아치우는 거요."

나는 혼란을 느꼈다.

시험보다 돈 벌이에 치중하고 시험자끼리 서로 죽이는 꼴이라니.

대체 이게 무슨 난장판이란 말인가.

율법이든 천사든 이 같은 상황을 예상 못했단 말인가?

아니면 이런 상황까지도 그들이 의도한 바란 말인가?

'대체 시험의 진정한 의도는 무엇일까?

우주의 진리이자 신과도 같다는 율법의 안배에 인간이 파고들 수 있는 허술함 따위가 있을 리 없었다. 인간군상이 벌이는 이런 행각조차 율법의 안배라고 봐야 옳다.

"시험의 최종 목적이란 모든 시험자가 똑같은 것일까요?"

"그럴 거라고 알려져 있소. 극비사항이라 정확히는 파악이 안 되고 있소만, 대체로 시험자들의 시험이 한 가지 방향성으로 나아가고 있다고 하더군."

"그게 뭐죠?"

"나도 모르겠소. 나 역시 아직 20회차에 불과하니까."

오딘은 내게 당부했다.

"김현호 씨, 당신은 부디 타락하지 마시오."

"절대로 그리되지 않습니다. 전 시험을 모두 클리어하고 완전한 삶을 되찾고 싶습니다."

"좋은 마음가짐이오. 나 역시 마찬가지요. 더 이상 아레나에서 지긋지긋한 싸움을 하고 싶지 않소. 내 딸과 행복하게 일생을 보내고 싶을 뿐이오."

"……."

"꼭 시험을 클리어합시다. 모조리 완수하고서 이 미친 짓거리에 종지부를 찍읍시다."

"예."

우리는 그렇게 다짐을 하고서 작별했다.

나는 그날 밤, 미리 예약해 놓은 비행기에 몸을 싣고 한국으로 돌아왔다.

머릿속이 혼란스러웠다.

만약에 모든 시험자의 최종 목적이 한 가지라면…….

한 사람이라도 그 최종 목적을 완수하면 시험이라는 것 자체가 사라져 버린다. 모든 시험자가 더 이상 시험을 보지 않아도 되는 것이다.

하지만 이미 중국을 필두로 많은 국가가 마정 확보에 주력하고 있는 상황.

차세대 에너지 자원으로 마정을 선택했다면 그 마정을 확보할 수 있는 유일한 길이 차단되게 놔둘까?

자기 밥줄이 끊기는 걸 시험자들은 가만히 놔둘까?

'시험을 방해할지도 몰라!'

같은 시험자들까지도 시험의 방해꾼이 될지도 모른다는 생각에 두려움이 밀려왔다.

이 시험을 지속하다 보면, 결국은 시험자끼리 죽고 죽이는 일이 벌어지게 되는 것이다.

그때는 현실에서도 위협받을지도 모른다.

5,000카르마가 생겼음에도 나는 무거운 마음으로 한국에 돌아왔다.

집에 도착하니 저녁 7시인데 아직 민정은 돌아오지 않았다. 야근이라도 하는 모양이었다.

'일단 카르마 보상을 어떻게 받을 지부터 생각해 보자.'

나는 석판을 소환해 놓고 내가 습득한 모든 스킬을 확인해 보았다.

─시험자 김현호가 습득한 모든 스킬을 보여드립니다.

―메인스킬: 정령술(중급 1레벨).

―보조스킬: 체력보정(중급 5레벨), 길잡이(초급 1레벨), 순간이동(초급 4레벨).

―특수스킬: 스킬합성.

―합성스킬: 바람의 가호(초급 5레벨), 불꽃의 가호(초급 1레벨), 운동신경(중급 3레벨), 생명의 불꽃(중급 2레벨), 투과(초급 1레벨), 가공간(초급 4레벨), 사격(초급 1레벨).


―잔여 카르마: +5,000


가장 먼저 생각이 든 것은 정령술이었다.

이제부터는 내 주된 힘인 메인스킬을 꾸준히 올려줘야 할 필요성을 느꼈다.

하지만 이미 중급 1레벨이 된 정령술은 다음 레벨까지 무지막지한 카르마가 소모되었다.

석판을 통해 확인해 보니 레벨당 필요한 카르마는 다음과 같았다.


―정령술 중급 2레벨 (―1,700)

―정령술 중급 3레벨 (―1,900)

―정령술 중급 4레벨 (―2,100)


즉, 현재로서는 3,600카르마로 중급 3레벨까지밖에 올릴 수가 없다.

'정말 생명의 나무를 통해 정령술을 올릴 수 있었던 것이 행운이었구나.'

메인스킬은 생각할수록 잡아먹는 카르마가 너무 커서 부담스럽다. 하지만 메인스킬을 소홀히 하면 나중에 오딘처럼 강해질 수가 없지 않은가.

어제 이야기를 들어보니 오딘은 메인스킬인 오러 컨트롤을 집중적으로 키워서 일찍 강해질 수 있었다고 했다.

"한 가지 비밀을 알려주겠소. 내가 가진 스킬은 3가지가 넘지 않소. 그게 20회차밖에 안 됐는데 손꼽히는 강자가 될 수 있었던 비결이오."

놀라웠다.

오딘은 한 우물만 파서 대성한 케이스인 것이다.

'그러고 보니 옛날에 강천성은 카르마를 쓰지 않았는데도 오러 컨트롤이 초급 4레벨인가 그랬었지?'

기억난다.

강천성은 평생 해왔던 내가권의 요령이 오러 컨트롤에 적용되어서 레벨이 올랐다고 했다.

그처럼 정령술도 수련으로 올릴 수 있는 방법이 있지 않을까?

'일단은 자연 에너지가 많이 흐르는 곳에 있는 게 가장 좋은 방법이겠지.'

중급 정령술을 익힌 까닭에 내 몸에도 자연의 힘이 흐르고 있었다.

주변 자연의 힘이 내 몸에 도움을 주는 메커니즘인데, 인근의 산에 올랐을 때와 지금처럼 도심에 있을 때와 느껴지는 힘이 달랐다.

'도인들처럼 계룡산 같은 데에서 지내면 정령술이 오르겠지.'

하지만 그렇게 해봐야 몇 년이 지나도 정령술의 레벨은 오르지 않을 것이다.

갈색산맥에 있을 적에, 대자연의 힘이 넘쳐흐르는 생명의 나무 위에서 1년간 살아서 간신히 레벨 하나가 올랐었다.

지금은 그때보다 더 높은 중급 1레벨이다.

생명의 나무 없이는 아무리 자연을 벗 삼아 살아도 수십 년은 지나야 간신히 레벨 업을 할 수 있으리라.

'가만, 생명의 나무?'

문득 나는 생명의 나무를 키웠을 때를 떠올렸다.

소나무도 단풍나무도 측백나무도 내 생명의 불꽃을 먹고서 성장한 끝에 생명의 나무가 되었다.

생명의 불꽃은 정령술(카사)과 힐링포션을 합성하여 만들어진 스킬.

즉, 생명의 불꽃에는 정령의 힘, 즉 자연의 힘이 내포되어 있는 것이다.

"실프, 카사!"

—냐아앙.

—왈왈!

실프와 카사가 오랜만에 소환되었다.

중급 정령이 된 실프는 외양은 그대로지만 크기만 두 배로 커졌다.

어린 강아지였던 카사는 중급 정령이 되면서 어린 티를 벗고 막 성견으로 자란 듯한 모습이 되었다. 비유하자면 다 큰 진돗개? 상급 정령이 되면 엄청난 대형견이 되지 않을까 싶었다.

"냥!"

"으르릉!"

덩치가 커졌음에도 녀석들은 여전히 서로 내 머리 위를 차지하겠다고 투덕투덕 서로 다퉜다. 무게가 없어서 다행이지, 그렇지 않았으면 내가 깔려 버렸을 것이다.

"생명의 불꽃!"

나는 생명의 불꽃 2개를 만들었다. 미래자동차 한만영 회장에게 주지 못했기 때문에 불꽃에 여유가 있었다.

"자, 이걸 봐봐."

―냥?

―헥헥헥……!

실프와 카사가 불꽃을 바라본다.

"혹시 너희들 이거 먹고 싶니?"

―냥!

―멍!

대번에 고개를 끄덕이는 두 정령. 특히 카사는 침을 흘릴 듯한 표정이었다.

"이걸 먹으면 너희가 성장할 수 있니?"

이번에도 두 정령은 고개를 끄덕였다.

'내 예상이 옳았어!'

생명의 불꽃으로 정령술의 레벨을 올릴 수 있다면 카르마를 메인스킬에 쓸 필요가 없었다.

"자, 먹어."

나는 불꽃을 정령들에게 하나씩 줬다.

실프와 카사는 아주 맛있게 불꽃을 먹어치웠다.

그 와중에 카사는 더 달라서 낑낑대며 앞발로 긁는다.

"나중에, 나중에."

한만영 회장의 치료가 끝나는 대로 불꽃을 정령들에게 줘야 겠다. 어쩌면 이번 휴식 기간 중에 레벨을 몇 번 올릴 수 있을지 도 몰랐다.

'그럼 카르마는 다른 스킬을 올리는 데 사용해야겠다.'

그렇게 나는 카르마 보상을 받기 시작했다.

우선은 운동신경부터였다.

"운동신경을 상급 1레벨까지 올린다."

—2,500카르마로 운동신경(합성스킬)을 상급 1레벨까지 올립니다.

—운동신경(합성스킬): 몸을 움직이는 요령이 크게 향상됩니다.

*상급 1레벨: 몸을 쓰는 모든 일을 달인의 수준으로 발휘합니다.

—잔여 카르마: +2,500

운동신경은 내가 가진 스킬 중 스킬합성 다음으로 사기적인

스킬이었다. 이것만 올리면 별도의 무술이 필요 없는 것이다.

'한번 시험해 볼까?'

나는 가공간에서 바이올린을 꺼냈다.

교본 중에서 내가 알고 있는 가장 어려운 곡을 연주해 보았다.

한동안 연주를 하지 않았음에도 막힘없이 켜진다. 쉬운 곡을 연주하는 것처럼 손이 여유로웠다.

'이게 상급이구나!'

스킬 운동신경의 사기적인 효과에 나는 큰 기쁨을 느꼈다.

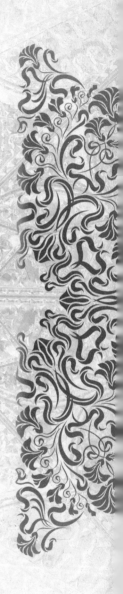

# 11장

새로운 탄생

　손가락이 자유자재로 현을 짚는 감각이 신기해서 나는 한동
안 바이올린 연주에 심취했다. 빠른 템포로 내가 익혔던 교본의
전곡을 연주해 낸 나는 감탄을 했다.

　"진짜 사기다!"

　운동신경은 내가 생각해도 말도 안 되는 스킬이었다.

　카르마로 습득할 수 있는 보조스킬들 중에는 요리스킬도 있
고 격투, 검술 등의 스킬도 있었다. 심지어 악기 연주 스킬조차
있다.

　그런데 나는 '운동신경' 하나로 그 모든 것을 잘할 수 있다.

　스킬 하나로 여러 개의 보조스킬을 익힌 것과 같은 효과를 내
는 것이다!

　이제 남은 카르마는 2,500.

이걸로 뭘 해야 할까?

내가 습득했던 스킬들의 목록을 쭉 보며 고민했다.

정령술은 패스.

운동신경은 방금 상급 1레벨까지 올렸으니 패스.

길잡이는 올릴 필요 없고, 순간이동?

"순간이동을 보여줘."

내 명령에 석판의 글씨가 변했다.

―순간이동(보조스킬): 원하는 방향으로 공간을 도약할 수 있습니다. 이동 방향을 생각하며 '순간이동'이라고 말씀하세요.

＊초급 4레벨: 거리 9m, 쿨타임 5분

초급 4레벨인데 쿨타임이 겨우 5분이다.

레벨이 조금만 더 올라가면 쿨타임이 사라지지 않을까?

쿨타임이 사라지면 순간이동을 연속으로 몇 번씩 펼칠 수 있으니 굉장히 유용해질 터였다.

"순간이동의 거리와 쿨타임을 레벨마다 보여줘."

석판은 내 말을 알아들었는지 내가 원하는 정보를 보여주었다. 정말 신기한 인공지능이다.

―순간이동(보조스킬)의 이동 가능 거리와 쿨타임을 레벨별로 보여줍니다.

＊초급 4레벨: 9m, 5분

＊초급 5레벨: 12m, 1분 (―3ㅁㅁ)

＊중급 1레벨: 12m, 하루 1ㅁ회 (―4ㅁㅁ)

＊중급 2레벨: 15m, 하루 2ㅁ회 (―5ㅁㅁ)

＊중급 3레벨: 15m, 하루 3ㅁ회 (―6ㅁㅁ)

＊중급 4레벨: 15m, 하루 4ㅁ회 (―7ㅁㅁ)


―잔여 카르마: +2,5ㅁㅁ


중급 1레벨부터는 쿨타임이 사라지고 대신 하루 10회라고 나온다.

'쿨타임 없이 하루 10회를 연속으로 펼칠 수 있다는 뜻이구나.'

중급 2레벨부터는 이동 가능 거리가 늘지 않고, 다만 하루에 시전할 수 있는 횟수만 늘어날 뿐이었다.

'중급 1레벨까지만 습득하는 게 좋겠다.'

그 이상 올리는 건 카르마 낭비라는 생각이 들었다.

"순간이동을 중급 1레벨까지 올리겠어."


―7ㅁㅁ카르마로 순간이동(보조스킬)을 중급 1레벨까지 올립니다.

―순간이동(보조스킬): 원하는 방향으로 공간을 도약할 수 있습니다. 이동 방향을 생각하며 '순간이동'이라고 말씀하세요.

＊중급 1레벨: 거리 12m, 하루 1ㅁ회(자정 기준)


―잔여 카르마: +1,8ㅁㅁ

계속해서 이번에는 생명의 불꽃을 올렸다. 생명의 불꽃은 정령술을 올리는 데 쓰이기 때문에 위력이 높을수록 좋은 것이다.

"현재 카르마로 생명의 불꽃을 올릴 수 있을 만큼 올리겠어."

─보유하신 모든 카르마를 생명의 불꽃(합성스킬)에 쓰실 경우를 보여드립니다.

─생명의 불꽃(합성스킬): 생명의 불꽃을 불어넣어 생명력을 북돋습니다. 하루 2회만 사용 가능합니다.

＊중급 4레벨: 원기회복, 노화방지, 질병 및 저주 치료에 효과.

─잔여 카르마: +500

1,300카르마가 소모되고 500카르마가 남는다.

나는 고개를 끄덕였다.

"이렇게 할게."

파앗!

석판이 번쩍였다.

─1,300카르마로 생명의 불꽃(합성스킬)을 중급 4레벨까지 올립니다.

─잔여 카르마: +500

이어서 초급 5레벨이었던 바람의 가호를 중급 1레벨로 올렸다. 레벨 하나 차이지만 초급과 중급은 위력이 전혀 다르기 때문에 선택했다.

—4ΠΠ카르마로 바람의 가호(합성스킬)를 중급 1레벨로 올립니다.

—바람의 가호(합성스킬): 신체를 통해 강한 바람을 일으킵니다. 사용자의 집중력과 스킬 레벨, 정령술의 스킬 레벨의 영향을 받습니다.

＊중급 1레벨: 지속시간 5Π분. 쿨타임 25분.


—잔여 카르마: +1ΠΠ


'100카르마?'

딱 보조스킬 하나를 새로 습득할 수 있는 정도의 카르마였다.

'스킬합성 재료 삼아서 하나 습득할까?'

나는 일단 석판에게 습득할 수 있는 보조스킬의 명단을 보여 달라고 했다. 그리고 쭉 훑어봤는데, 신기한 것은 많지만 딱 내가 필요로 하는 건 없었다.

'사격 관련 스킬이면 좋겠는데. 탄의 위력을 강화시킬 수 있는 그런 스킬이…… 어라?'

나는 좋은 생각을 떠올렸다.

'총알을 아이템화해서 스킬합성의 재료로 쓰면 되잖아?'

내가 왜 진즉에 이 생각을 하지 못했을까!

나는 즉시 가공간에서 357매그넘탄 한 발을 소환했다.

"이걸 아이템화하고 싶다."

석판의 글씨가 꿈틀꿈틀 변했다.


—소유하고 계신 357매그넘탄(1발)을 아이템화하는 데 1카르마가

소모됩니다. 아이템화하시겠습니까?

　─잔여 카르마: +100

10발당 1카르마라.

스킬합성의 재료로 쓰면 1발씩 소모되겠지?

일단 나는 수락했다.

매그넘탄 10발이 아이템화되었고, 내 잔여 카르마는 99로 깎였다.

"스킬합성!"

　─합성에 사용할 스킬이나 아이템을 선택하십시오.

　1. 합성 가능한 스킬: 정령술(실프), 정령술(카사), 체력보정, 길잡이, 순간이동.

　2. 합성 가능한 아이템: 모신나강, 닐슨 H2(2정), 357매그넘탄(1발).

　＊합성에 사용한 아이템은 소멸됩니다.

순서대로 해보자.

"실프랑 매그넘탄."

　─정령술(실프)과 357매그넘탄을 합성합니다.

　─합성 실패.

"카사랑 매그넘탄."

―정령술(카사)과 357매그넘탄을 합성합니다.
―합성 실패.


"또 안 되냐. 그럼 체력보정이랑 매그넘탄은?"
석판에 빛이 났다. 이번에는 성공이었다!


―합성 성공. 탄약보정(합성스킬)을 습득했습니다.
―357매그넘탄 1발이 소멸됩니다.
―탄약보정(합성스킬): 총기류 사용 시 탄약의 위력을 강화시킵니다.
*초급 1레벨


"좋았어!"
나는 주먹을 불끈 쥐고 짜릿한 희열에 빠졌다.

딱 원했을 게 나왔다. 총의 위력을 강화시켜 주는 스킬 말이
다. 이 스킬에 정령들의 힘까지 더하면 내 권총에서 나가는 총
알은 그 위력이 상식을 넘어설 것이다.

'계속해 보자.'
"길잡이랑 매그넘탄도 합성할게."


―길잡이(보조스킬)와 357매그넘탄을 합성합니다.
―합성 실패. 이미 사격(합성스킬)을 습득하고 계십니다.


'이런 경우도 있구나.'
이제 마지막으로 순간이동과 매그넘탄도 합성을 시도했다.

그런데 이번에도 석판이 빛났다. 성공했을 때의 반응이었다.

—합성 성공. 리로드(합성스킬)를 습득했습니다.
—357매그넘탄 1발이 소멸됩니다.
—리로드(합성스킬): 사격 중 총알 소진 시 자동으로 재장전합니다.
아이템백이나 가공간에 해당 총알이 있어야 합니다.

'헐.'
이것 역시 내가 필요했던 스킬이었다.
가공간에 있는 총알이 자동으로 사용 중인 총에 재장전 되는
것!
이러면 탄창을 꺼내서 총알을 다시 넣는 등의 번거로운 과정
이 생략된다. 이 리로드라는 스킬은 레벨이 따로 없었다. 이게
끝인 모양이었다.
'따로 레벨을 더 올릴 필요 없으니까 좋네.'
나는 이것으로 카르마 보상을 끝마쳤다.
무려 1억 달러를 쓴 어마어마한 보상이었지만 충분히 효과를
봤으니 만족이었다.
'말이 1억 달러지…….'
너무 액수가 큰 나머지 실감도 안 난다. 그래서 아깝다는 생
각도 안 들었다.
앞으로 큰돈이 또 생기면 또 카르마를 구입할 생각이었다.
돈 같은 건 언제든 벌 수 있지만, 카르마는 언제든 얻을 수 있
는 게 아니니까.

'반드시 시험을 전부 클리어하겠어.'

내 의지는 확고했다.

시험의 최종 목적을 달성하여서 이 짓거리에서 완전히 해방될 것이다.

시험이 전부 클리어되어서 이 세상에서 시험자가 사라지면, 차세대 에너지원으로 쓸 마정도 더 이상 확보할 수 없게 된다.

하지만 그런 문제는 내 알 바 아니다.

돈에 미친 타락한 시험자들과 일부 국가기관들, 전부 엿 먹어 보라지.


*          *          *


한국아레나연구소.

최상층인 10층의 복도 끝에 위치한 사무실에 한 중년 사내가 모니터를 들여다보고 있었다.

모니터에는 뉴스포털사이트의 최신 기사가 떠 있었다.


*[진성전자 신제품 출시 임박, '박진성 회장 복귀 효과' 나올까]*


"정말 쌩쌩해졌단 말이지."

뚱뚱한 체구에 머리가 반쯤 벗겨진 중년 사내는 기사 속의 박진성 회장의 웃는 사진을 유심히 들여다보고 있었다.

탁자에 놓인 명패에는 '소장 김중태'라고 새겨져 있다.

그가 바로 이 연구소의 소장 김중태였다.

탁자에는 시험자 김현호의 관련 서류가 있었다.

시험자 김현호.

그가 알기로 3회차에서 팀원을 전부 잃은 불운한 시험자였다.

정령술이라는 특이한 메인스킬이 흥미로웠지만, 더 생존할 가망이 없어 포기해 버렸다. 가망 없는 초짜 시험자 붙잡고 지원해 줘봐야 자원낭비였다.

그런데 때마침 박진성 회장의 연락을 받았다.

시험자 김현호를 요구해 왔다.

평소 적잖은 후원금을 제공하는 박진성 회장의 부탁이라 거절하기 힘들었다. 어차피 버리려던 참이라 망설임 없이 김현호를 포기했다.

그런데 그 후, 병들어 죽어가던 박진성 회장이 저렇게 쌩쌩해진 것이다.

이걸 어떻게 해석해야 할까?

혹시나 싶은 마음에 직원을 시켜서 시험자 김현호를 관찰했다.

놀랍게도 가망이 안 보였던 김현호가 지금도 여전히 살아 있었다. 지금쯤 6회차는 되었을 텐데.

혼자서 시험을 클리어하는 건 어느 정도 강해진 베테랑시험자가 아니고서야 불가능한 일이었다.

그럼 조력자가 있는 것이다.

박진성 회장이 김현호를 위해 조력자를 붙여준 것이다.

왜?

조력자를 구하는 데 적잖은 돈이 들었을 텐데.

어째서 고작 3회차 시험자였던 김현호를 위해서 그렇게까지?

이유는 하나다.

저렇게 완쾌된 박진성 회장의 모습이 그 이유를 설명해 준다.

'김현호에게 병을 치료하는 능력이 있는 거다!'

"빌어먹을, 대어를 놓쳤어."

김중태 소장은 욕지거리를 했다.

쓰레기인 줄 알고 버렸더니 황금 알을 낳는 거위가 아닌가.

"제기랄, 박진성 회장이 그런 요구를 할 때 눈치챘어야 했는데."

질병 치유 능력.

그 엄청난 능력을 가진 시험자가 연구소 소속이었다면 그를 이용해 어마어마한 돈을 창출할 수 있을 터였다.

이 세상에 늙고 병든 거부가 한둘인가?

누구나 병들어 죽는다!

그리고 누구나 살고 싶어 한다.

김중태 소장은 보물을 눈 뜨고 빼앗긴 억울한 기분을 느꼈다.

어떻게든 김현호를 이용해 이득을 보고 싶었다.

어떡하면 좋을까?

어떡해야 김현호를 이용해 이익을 볼 수 있을까?

답은 간단했다.

'이웃나라에 돈에 미친놈들이 있지.'

김중태 소장은 양복 안주머니에서 구형 폴더폰을 꺼냈다.

주소록을 뒤지다가 한 이름을 찾아냈다.

[리창위]

통화 버튼을 눌렀다.

수신음이 가고서 젊은 남자가 통화를 받는다.

―무슨 일이오, 김중태 소장.

"무슨 일이겠소?"

김중태 소장도 유창한 중국어로 말했다. 국정원 시절에 그는 중국 통이었다.

―제공할 만한 정보가 있는 거요?

"당신들이 몹시도 원하는 정보가 하나 있지."

―어떤 정보요? 좋은 정보면 가격도 높게 쳐주지.

김중태 소장은 히죽 웃었다.

"진성그룹, 박진성 회장."

―…….

잠시 침묵이 흘렀다.

젊은 중국인 사내가 말했다.

―10만 달러.

"푸하핫!"

김중태 소장은 폭소로 대답을 대신했다.

―100만 달러.

"댁들은 매번 그래. 잘 쳐준다, 잘 쳐준다 하고 날로 먹으려 들어."

―500만 달러. 이게 싫으면 관두시오. 다른 루트로도 알아보

고 있으니까.

"좋아, 관둡시다."

폴더폰을 접어버렸다.

잠시 후, 리창위에게서 전화가 걸려왔다.

"새끼."

김중태 소장은 피식 웃으며 전화를 받았다.

"얼마나 지불할 거요?"

─1,000만 달러. 대신 잘못된 정보면 내 손에 죽어.

"그럽시다."

겁먹을 김중태 소장이 아니었다.


'무슨 통화를 하는 거지?'

보고할 게 있어서 왔던 차지혜는 안으로 들어가지 못하고 멈
춰 섰다. 안에서 중국어로 뭐라고 통화하는 소리가 들렸기 때문
이다.


통화를 끊은 직후였다.

똑똑.

갑작스러운 노크에 김중태 소장은 재빨리 탁자에 놓인 김현
호 관련 서류를 치웠다.

"누구야?"

"차지혜입니다."

"어, 들어와."

그 짧은 대화 도중 김중태 소장의 머릿속에 많은 생각이 스

쳤다.

통화 직후에 기다렸다는 듯한 노크.

통화가 끝날 때까지 문 앞에서 기다린 거다.

그럼 통화 내용은 들은 건가? 차지혜가 중국어를 할 줄 알던가?

'아냐. 중국어는 못하는 걸로 알고 있어.'

문이 열리고 차지혜가 들어왔다.

하얀 정장에 붉은색 워커 차림의 시원시원한 몸매.

언제나처럼 큰 보폭으로 뚜벅뚜벅 걸어 들어온 차지혜는 들고 온 보고서를 제출했다.

"새로운 시험자로 의심되는 사람을 발견했습니다. SNS에 글을 올렸는데 일단은 아이디와 비번을 해킹해서 삭제했습니다."

"그래? 몇 회차 같아?"

"의지할 사람 없이 혼자 두려워하는 뉘앙스였습니다. 1회차로 의심됩니다."

"새로운 시험자는 꾸준히 탄생하는군. 하루 빨리 데려와."

"알겠습니다."

잠시 시선이 마주쳤다.

짧은 순간에 눈빛이 교환된다.

아주 잠깐. 찰나였다.

"그럼 가보겠습니다."

"어, 그래. 수고 많았어."

차지혜는 뒤돌아 사무실을 나갔다.

'휴, 몰랐나 보군. 앞으로 조심해야겠어.'

좀처럼 외부의 터치가 없는 극비 연구소에서 왕처럼 지내다

보니 긴장감이 없어졌다고 김중태 소장은 자책했다.

*       *       *

긴장감이 떨어졌다는 김중태 소장의 자평은 정확했다.

그와 달리 차지혜는 수상한 점을 다양한 측면에서 감지했으니까.

그녀는 중국어를 잘 모른다. 다만 몇 가지 단어는 알아들었다.

진성그룹(眞誠, Zhēn chéng).

돈(钱, Qian).

얼마(多少, Duōshǎo).

그리고 유리창을 통해서 김중태 소장이 보고 있던 모니터 화면이 반사되었다.

박진성 회장의 사진······.

그녀에겐 그걸로 충분했다.

'김현호의 신원을 중국에 팔려고 한다.'

애당초 김중태 소장이 소문이 좋지 않은 인물임은 국정원 시절부터 익히 들었다.

탁상에서 펜대 굴리는 무능한 인물은 아니었다.

하지만 뒤가 더러웠다.

그런 그가 여러 정권에 걸쳐 자리를 보전한 이유는 G2로 급부상한 중국에 정통한 인물이라는 이유였다.

이번에 그는 김현호의 신원을 중국의 시험자들에게 팔려는 게 분명했다.

'막아야 해.'

김현호는 동료를 모두 잃고 혼자가 된 뒤에도 살아남았다. 아직 생존했으니 6회차도 클리어했다는 뜻.

유능한 김현호다운 저력이었다.

하지만 중국 시험자들의 타깃이 위험해진다. 이제 겨우 6회차인 김현호는 중국 시험자들로부터 스스로를 방어하지 못한다.

'일단은 소장의 뒤를 밟아봐야겠어.'

박진성 회장의 완쾌에 대한 정보라면 중국은 몸이 달았을 터. 오늘밤이나 내일 당장 정보를 입수하고 싶어 할 것이다.

방식이 고전적인 김중태 소장은 현장에서 직접 만나 김현호의 신원이 담긴 서류를 건넬 것이다.

가능하면 거래를 막고, 최소한 거래 현장을 증거로 남겨 김중태 소장을 실각시키는 재료로 써야 한다.

김현호는 더 이상 한국아레나연구소 소속이 아니었지만, 한때 담당자로서 그녀는 그에 대해 책임감을 느꼈다.

'내 할 도리를 다 한다.'

일단은 문자로 김현호에게 경고 메시지를 보냈다.


[중국을 조심. 매사에 신중하고 경계할 것. 연락금지.]


만일을 대비해 가지고 다니는 대포폰으로 메시지를 보냈다. 이 정도면 충분히 알아들었을 거라고 차지혜는 판단했다.

박진성 회장과 있었으니 이 바닥에 대해 어느 정도 상식은 갖췄을 것이다. 자신의 능력이 각국의 타깃이 될 수 있다는 사실도 인지 못할 김현호가 아니었다.

그날 오후, 헬기를 타고 섬에서 나온 차지혜는 헬기장 근처에 주차해 놨던 차를 따로 숨겨놓고 잠복했다.

헬기장 출구로 김중태 소장의 BMW7이 나타났다.

적당한 거리를 두고 미행을 시작했다.

김중태 소장은 인천 선린동의 차이나타운으로 향하고 있었다.

'예상대로야.'

거래 대상인 중국인은 이미 한국에 있었다.

김중태 소장에게 이야기를 듣기 전에 이미 한국에 있었다는 뜻이다. 아니면 얘기를 듣자마자 곧장 한국으로 날아왔거나.

아무튼 김현호를 찾느라 몸이 달았다는 뜻이었다.

황금 알 낳는 거위를 손에 넣고 싶은 탐욕에 미쳐 있다.

'지금 칠까?'

김중태 소장을 당장 덮치고 김현호 관련 서류를 빼앗는 선택지를 생각해 보았다. 하지만 아무리 생각해도 그건 너무 무모했다.

상대는 소장이고 청와대와도 직통라인으로 연결된 거물이었다. 뒷감당도 안 될뿐더러, 그런다고 김현호에 대한 정보가 중국에 흘러 들어가는 걸 막을 수는 없었다.

일단 뒷거래 증거 자료를 확보해서 김중태 소장의 실각에 쓰는 편이 낫다. 당장은 김현호의 안전을 본인 스스로가 지킬 수 있기를 바라는 수밖에 없었다.

경고까지 해줬으니 박진성 회장이든 덴마크 시험단의 오딘이 든 자신의 인맥을 총동원해 방어할 수 있을 터였다.

차에서 내려서 김중태 소장을 계속 미행했다.

김중태 소장은 중국인 사장이 운영하는 어느 한적한 식당에 들어갔다. 차지혜는 안에 들어가지 못하고 바깥에서 식당 창가를 응시했다.

다행히 김중태 소장이 앉은 자리가 보였다.

'상대는 누구지?'

무음 카메라 어플로 사진을 찍을 준비를 하면서 차지혜는 창문 내부를 주시했다.

이윽고 한 남자가 나타났다.

큰 키에 장발을 한 젊은 남자였다. 나이는 30대 초반쯤 되었을까.

차지혜는 놀라 숨을 들이켰다.

익히 아는 얼굴이었다.

'리창위!'

중국 시험단 최대 거물.

공식 랭킹에는 존재하지 않지만 세계 시험자를 통틀어도 톱 클래스일 거라고 추측되는 인물.

그렇게 강해질 수 있었던 데는 앞장서서 중국 공산당 실세들의 주구가 된 덕이 컸다. 같은 시험자들이 정치인들 입맛에 맞게 통제하는 데 협조하면서 시험단의 실세가 된 것이다.

이를테면 현장 총지휘관.

권력자들과 강력한 연이 생기면서 여러 가지 음험한 방법으로 대량의 카르마를 얻어 강해졌다.

'설마 리창위가 직접 나서지는 않겠지?'

만약에 그가 직접 나선다면 김현호는 절체절명이다.

당장 덴마크로 도피해서 오딘의 곁에 있지 않는 이상은 리창
위를 막을 수 없다.

하지만 다행히 리창위는 그렇게 쉽게 나서는 인물이 아니었
다. 더러운 일 대부분은 아랫사람을 시켜서 처리한다.


*          *          *


"오랜만에 뵙소."

김중태 소장은 히죽 웃으며 인사했다. 리창위는 맞은편 자리
에 앉아 손짓했다.

"정보."

"입금되는 걸 먼저 확인해야지."

"입금할 만한 정보인지부터 봐야 하지 않소."

"정보만 확인해 놓고 입금은 쌩 까거나 후려쳐 버리는 댁들
의 막무가내 방식을 내가 모르지를 않거든."

"죽고 싶나 보군?"

"쯧쯧."

김중태 소장은 혀를 찼다.

"이래서야 거래가 되겠나. 당연한 요구를 하는데 죽이네 마
네 하면 되겠소? 보는 앞에서 스위스 계좌로 이체나 해주시오."

"잘못된 정보면 목숨 내놓을 준비나 해라."

"그건 아까도 들었던 말이고."

리창위는 코웃음을 쳤다.

"노련한 척하는 꼬락서니가 우습군. 꼬리나 달고 나타난 꼰대 주제에."

"뭐, 뭣?"

김중태 소장의 얼굴이 처음으로 당혹으로 물들었다.

"꼬리?"

"댁들 소속이지? 젊은 여자."

젊은 여자라는 말에 김중태 소장의 뇌리로 차지혜가 스쳤다.

'젠장! 그때 들킨 건가.'

낭패 어린 기색이 역력한 김중태 소장.

그런데 그때 리창위는 그가 예상치 못한 행동을 했다.

"자, 사진 찍고 있는데 포즈 좀 잘 잡아보라고."

그러면서 리창위는 품속에서 지폐다발을 테이블에 꺼내놓는다.

"뭐, 뭐하는 짓이요?"

"뭐긴, 좋은 사진 찍게 해주고 있지. 난 사진이 잘 받으니 상관없지만 댁은 아니지?"

"크윽⋯⋯."

졸지에 리창위에게 돈을 받는 노골적인 사진이 찍혀 버린 김중태 소장이었다. 이런 식으로 당할 줄은 몰랐기에 그는 완전히 당황해 버렸다.

잠시 후, 마음을 추스른 김중태 소장이 말했다.

"900만."

"500만."

"이보시오!"

"450만. 점점 내려간다. 뒷거래 모습이 찍힌 형씨."

"제길, 알겠소."

리창위는 빙글거리며 웃었다.

"그러게 누가 감 떨어지래? 쯧쯧, 미행이라니. 하여간 한국 첩보원들 수준은."

"됐고 얼른 처나 해주시오."

"그럴 생각이야."

리창위가 말했다.

"순간이동."

그 순간, 리창위의 모습이 사라졌다.

*     *     *

"큭!"

리창위가 사라진 순간, 차지혜는 반사적으로 오른편으로 몸을 굴렸다.

파앗!

간발의 차이로 나타난 리창위의 손길이 허공을 가로질렀다.

"오! 피했어?"

차지혜로서는 알아들을 수 없는 중국어였지만 뉘앙스로 말뜻은 대충 전달되었다.

벌떡 일어선 차지혜는 은밀히 손가락을 놀려서 사진을 이메

일로 전송시키려 했다.

하지만 리창위는 그럴 틈을 주지 않았다.

리창위의 신형이 흐릿해진 순간, 차지혜는 정면으로 과감하게 뛰어들며 플라잉 니킥을 날렸다.

퍼억!

리창위의 팔뚝에 막혔다.

하지만 적어도 그의 공격에 또 한 번 제동을 거는 데는 성공했다.

"하하! 또? 이 여자 대단한데? 시험자였으면 대단한 거물이 됐겠어. 그런데 이를 어쩌나?"

리창위는 손에 든 무언가를 보여준다.

"이게 내 손에 있네?"

"큭!"

자신의 스마트폰을 뺏겼음을 비로소 알아챈 차지혜는 신음했다.

빠드득!

리창위는 그대로 스마트폰을 힘껏 쥐어 부숴 버렸다.

"상으로 깔끔하게 보내주지. 소환, 카이저실버 롱 소드."

짙은 은색으로 빛나는 롱 소드가 그의 오른손에 나타났다.

차지혜는 끝까지 두려움을 드러내지 않았다.

자신의 심장이 찔리는 그 순간까지, 끝까지 어떤 말을 끊임없이 되뇔 뿐이었다.

소원을 빌 듯.

유언을 남기듯.

콰직—

짙은 은색의 롱 소드가 그녀의 심장을 관통했다.

"……!"

차지혜는 리창위를 똑바로 응시하며, 죽음을 맞이했다. 입술이 달싹거리다가 멎었다.

"소환해제."

롱 소드가 사라졌다.

리창위는 한동안 자기가 만든 참상을 감상하다가 고개를 갸웃거렸다.

"뭐라고 계속 중얼거린 건지 통 못 알아듣겠군. 통역스킬 같은 게 있었으면 좋았을걸."

리창위는 다시 순간이동으로 현장에서 사라졌다.

피를 흘리는 차지혜의 시체만이 어두운 골목에 덩그러니 남아 있을 뿐이었다.

\*　　　　\*　　　　\*

정신을 차렸을 때, 후끈한 열기가 먼저 느껴졌다. 습기와 열기가 뒤얽혀 그녀의 온몸을 엄습했다.

눈을 뜨니 울창한 밀림이 보였다.

커다란 나뭇잎들에 가려진 푸른 하늘.

쨍쨍 내리쬐는 태양.

이윽고 노트 크기의 직사각형의 석판이 나타났다.

─시험자 차지혜. 시험을 원하는 당신의 바람은 잘 들었습니다.

─시험자로 선택되기에 알맞은 적성을 지녔다고 판단하여 당신을 시험자로 임명합니다.

─시험을 원하면 긍정, 원치 않으면 부정을 하십시오.


차지혜는 쥐어짜는 듯한 허스키한 목소리로 말했다.

"원한다."

그러자 꿈틀거리며 석판의 글씨가 변했다.


─성명(Name) : 차지혜

─클래스(Class) : 1

─카르마(Karma) : □

─시험(Mission) : 제한 시간까지 생존하라.

─제한 시간(Time limit) : 30분.


생존.

30분.

차지혜는 벌떡 일어났다.

날카로운 눈으로 주위를 살폈다.

늪이 많은 밀림.

열기와 습기.

'리자드맨. 진흙 골렘. 1회차 난이도상 리자드맨.'

새로운 시험자의 탄생이었다.

차지혜는 일단 가까운 나무로 다가갔다.

출현하는 적을 확인해 보고 나무 위로 올라 피하든 할 생각이었다.

"시이익……!"

요사스러운 소리를 내며 나타난 괴물은 예상대로 리자드맨이었다.

성인 남성보다 약간 작은 키.

배 부분만 제외하고 거의 온몸을 덮은 비늘.

날름거리는 혀와 날카로운 손발톱.

그동안 삽화로만 보았던 리자드맨의 실물이었다.

한 마리뿐이었다.

차지혜는 싸우기로 결심했다.

싸울 만한 상대였다.

30분 동안 생존하면 되지만 싸워 이기면 더 좋다.

'손발톱과 이빨만 주의하면 돼.'

가드를 올린 채 차지혜는 천천히 리자드맨에게 접근했다.

"시익!"

성급한 리자드맨이 먼저 달려들었다.

순간, 사이드스텝으로 빠지며 레프트 잽을 날렸다.

슈팍!

"쉭!"

잽은 리자드맨의 튀어나온 주둥이를 건드렸다.

계속해서 레프트 잽과 라이트 훅을 잇달아 주둥이에 꽂아 넣었다.

퍼퍽!

"쉬이익!"

리자드맨이 고개를 좌우로 흔들며 뒤로 물러섰다. 쉭쉭거리는 소리가 점점 더 신경질적으로 울려 퍼졌다.

리자드맨의 약점은 주둥이와 비늘이 덮이지 않은 복부였다. 그래서 주둥이를 집중적으로 노린 것이었다.

'의도대로 됐다.'

리자드맨의 눈이 앞으로 살짝 내민 왼 주먹을 향했다. 그녀의 주먹에 의식하기 시작한 것이다. 그렇게 되면 요리하기가 더 쉬워진다.

잽을 하려는 듯 왼 주먹을 살짝 흔들었다. 리자드맨의 몸이 움찔 흔들렸다. 시간 차로 곧바로 뻗은 라이트가 스트레이트로 주둥이에 꽂혀 들었다.

뻐억!

"쉬익!"

제대로 맞았다.

리자드맨이 살짝 비틀했다.

주둥이는 치명적인 약점은 아니지만 리자드맨의 신경을 거스르게 만드는 분위였던 것이다.

그 틈에 차지혜는 득달같이 달려들어 과감하게 양팔로 클러치를 걸고 니킥을 날렸다.

뻑!

무릎이 강타한 부위는 복부!

리자드맨의 얼굴에 드디어 고통의 기색이 나타났다.

"쉬익! 시이익!"

독이 잔뜩 올라 손톱을 마구 휘젓는 리자드맨.

하지만 이미 클러치를 풀고 물러난 차지혜에게는 닿지 않았다.

"쉬이익!"

리자드맨이 잔뜩 화난 기색으로 쫓아왔다.

차지혜는 다시 왼 주먹을 들었다. 주먹으로 시선을 잡아당기고, 사슴처럼 탄탄한 오른 다리를 힘껏 뻗었다.

뻐어억!

명치에 꽂히는 프런트 킥!

"식!"

달려오던 리자드맨의 몸이 뒤로 밀려났다.

퍼억!

다시 한 번 프런트 킥으로 가슴팍을 밀어냈다.

리자드맨의 몸이 뒤로 휘청거리자 차지혜는 재빨리 몸을 낮추고 축이 되는 리자드맨의 뒷발을 걸어찼다.

리자드맨이 균형을 잃고 쓰러졌다.

차지혜는 빠르게 주위를 훑었다.

가장 가까이에 보이는 주먹만 한 돌을 집어 들고 뾰족한 끝으로 리자드맨의 얼굴을 후려갈겼다.

뻑!

"쉬익!"

"흐아압!"

고함을 지르며 양손으로 다시 돌을 내려쳤다.

뻐걱!

살이 짓이겨지는 감각이 들었다. 리자드맨은 얼굴도 비늘로 덮여 있었지만 오른쪽 눈은 아니었다.

"씨이이익—!"

괴이한 비명 소리.

쩌억! 쩍! 뻐억!

차지혜는 이를 악물고 계속 돌을 내리찍었다. 찍었던 부위를 계속해서 강타했다.

녹색 피가 튀었다.

더 이상 비명이 들리지 않았다. 리자드맨은 꿈쩍도 하지 못하고 죽어 있었다.

"허억, 헉!"

숨을 몰아쉬며 차지혜는 일어섰다.

"석판 소환."

석판을 소환해 남은 제한 시간을 확인해 보았다. 대략 17분가량 남아 있었다.

차지혜는 나무 위로 기어 올라가 피신한 채 남은 시간을 보냈다. 죽은 리자드맨의 피 냄새가 다른 괴물이나 맹수를 끌어들일지도 모르기 때문이었다.

17분이 모두 지나자 눈앞에 웬 문이 나타났다.

'시험의 문!'

그녀는 거침없이 문을 열고 눈부시게 쏟아지는 빛줄기 사이로 성큼 들어섰다.

잠시 아득해지는 기분이 들더니, 이윽고 풍경이 변했다.

하늘도 땅도 모두 희었다.

아무것도 없는 텅 빈 백색이었다.

차지혜는 주위를 살폈다.

위를 올려다보았을 때, 그녀라도 흠칫할 수밖에 없었다.

웬 아기천사가 바로 머리 위에서 그녀를 빤히 내려다보고 있었기 때문이다. 거의 닿을 정도로 가까운 거리에서.

"안녕하신가요?"

장난스럽게 첫 인사를 건네는 아기 천사.

차지혜는 아기 천사의 위아래를 살폈다.

어쩐지 아니꼬운 얼굴.

장난 가득한 말투.

그리고 덜렁거리는 작은…….

"시험자 김현호의 담당 천사?"

"이야, 제 얘기 많이 들었나 봐요?"

"주로 욕을."

"히히히."

아기 천사는 키득거렸다.

참새처럼 작은 날개를 파닥거리며 정신없이 날아다닌다.

정말로 김현호가 이를 갈며 싫어할 만하다고 차지혜는 생각했다.

그녀의 마음을 읽은 아기 천사가 손을 휘휘 저었다.

"에이, 아니에요. 안 그런 척하면서 은근히 절 좋아한다니까요?"

'정말 싫어할 만하군.'

차지혜는 더욱 확신을 갖게 되었다.

"이야, 아무튼 놀랐어요. 첫 시험을 그렇게 능숙하게 처리한 사람은 처음이거든요. 여러 회차를 거친 시험자 같은 노련함이었어요."

"결과를 확인하려면 석판을 소환해야 하나?"

"호오, 그것도 잘 알고 계시네요."

"석판 소환."


―성명(Name): 차지혜

―클래스(Class): 3

―카르마(Karma): +400

―시험(Mission): 다음 시험까지 휴식을 취하라.

―제한 시간(Time limit): 1일


3클래스, 400카르마.

괜찮은 성적이었다.

"카르마 보상. 체력보정을 습득하고 싶다."

거침없이 카르마 보상을 받는 차지혜.

석판의 글씨가 변했다.


―체력보정(보조스킬) 초급 3레벨이 적용되었습니다. 초급 4레벨부터 습득 가능합니다. 습득하시겠습니까?

―체력보정(보조스킬): 체력을 강화합니다.

*초급 4레벨: 특수훈련을 받은 정예군인 수준의 체력을 얻습니다. (―250)

—잔여 카르마: +400

"습득한다."
파앗!
석판에서 빛이 뿜어져 나와 차지혜의 몸에 스며들었다.

—25마카르마로 체력보정(보조스킬)을 초급 4레벨로 올립니다.
—잔여 카르마: +150

차지혜는 스스로의 몸을 살피며 양손을 쥐었다 폈다 반복했
다.
'확실히 힘이 강해진 느낌이 들어.'
뭔가 더 단단하고 강해진 기분.
시험자들이 느꼈던 기분이 바로 이런 것이었던 모양이다.
'남은 카르마는 일단 놔둬야겠군.'
쉽게 결정을 내린 차지혜는 아기 천사에게 말했다.
"부탁이 있다."
"뭔가요?"
"생각을 읽을 수 있을 텐데 일부러 묻는 걸 보니, 정말로 김현
호 씨가 싫어할 만하군."
"히히히, 시험자 김현호와 한 팀이 되고 싶다는 부탁인가요?
안 돼요."
그랬다.

차지혜는 시험자가 된 김에 김현호의 동료가 되고 싶었다.

그 편이 팀원을 전부 잃고 혼자가 된 김현호에게 도움이 될 거라 생각했기 때문이다.

"역시 안 되나?"

"이제 겨우 첫 시험을 넘기신 분이 시험자 김현호와 함께 행동할 수는 없죠."

아기 천사는 기분 나쁘게 손가락으로 귀를 후비적거리며 말을 이었다.

"애당초 같은 6회차가 된다 해도 김현호와 비슷한 수준이나 될 수 있을지는 미지수인걸요."

"그게 무슨 뜻이지?"

"그분 말이죠, 매번 시험마다 신기록 행진을 하고 있다고요. 또 최근은 휴식 도중에 요상한 방법으로 추가적인 카르마를 얻은 것 같고요."

차지혜는 새삼 김현호의 저력에 감탄했다.

6회차까지 이어지는 동안 내내 신기록이라니!

그럼 6회차밖에 안 된다 해도 실질적인 강함은 그 두 배 이상 시험을 치른 시험자보다 강할지도 몰랐다.

차지혜는 곰곰이 생각해 보았다.

잠시 후 그녀가 말했다.

"그럼 다른 요구사항이 있다."

"그건 돼요."

이번에는 생각을 읽고서는 들어보지도 않고 대답하는 아기 천사였다.

딱!

아기 천사가 손가락을 튕기자 시험의 문이 나타났다.

"첫 시험이 끝나자마자 휴식 없이 바로 두 번째 시험을 원하는 시험자는 처음이네요."

차지혜는 거침없이 문을 열고 나아갔다. 조금의 망설임도 없는 행동이었다.

\*　　　\*　　　\*

"오빠, 나 요즘 살 찐 거 같지 않아요?"

화장대 앞에서 민정은 자기 몸을 거울에 비춰보며 물었다.

예쁜 디자인의 노란색 란제리가 아찔하게 내 눈을 자극했다.

"하나도 안 쪘어."

난 평범한 모범답안을 말했다.

민정의 몸은 운동으로 탄탄하게 단련된 것과는 거리가 멀었다. 하지만 허리는 날씬하고 옆구리와 아랫배에 조금의 군살이 살짝 귀엽게 붙은, 딱 좋은 몸매였다.

……라고 말해봐야 쟤 귀에는 '군살' 밖에 안 들릴 테니 성의 없게 대답한 거다.

"아이, 좀 제대로 봐줘요. 요즘 살 찐 것 같단 말이에요. 요리를 배우니까 더 먹어서 그런가 봐요."

그 조금의 군살마저 없애고 싶다니, 넌 옷걸이라도 되고 싶은 거냐?

"지금이 딱 좋아. 지금 상태 그대로 저장해 놨으면 좋겠네."

"찌긴 쪘단 뜻이죠? 맞죠?"

울컥!

지금 나랑 싸우자는 건가? 그동안 너무 무탈해서 심심했나?

나는 머리를 굴린 끝에 한 가지 답에 도달했다.

"이리 와봐, 자세히 살펴보게."

난 민정을 잡아당겨 가까이 세워놓고 하얀 나신을 눈으로 훑었다. 내 눈길이 닿는 곳마다 민정이 부끄러움에 움츠러들었다.

"흐음, 만져봐야 알겠는데."

"아이, 또 시작이야!"

민정이 앙탈을 부리기 시작했다.

하지만 난 강한 힘으로 민정을 번쩍 들어 침대에 눕혀놓았다. 심장 부근에 강하게 입을 맞추자 민정이 헛바람을 들이켰다.

무려 운동신경 상급 1레벨! 나는 달인의 솜씨(?)를 마음껏 발휘하기 시작했다.

살쪘냐는 등의 헛소리로 어그로를 끌던 민정은 이내 흥분하여 정신을 못 차리게 되었다.

그런데 한창 즐거운 시간을 보내고 있을 때였다.

위잉.

내 스마트폰이 진동했다.

나는 민정에게 키스를 하면서, 한 손으로 스마트폰을 집어 들었다. 한 팔로 끌어안으며, 다른 손으로 문자메시지를 확인한다.


[중국을 조심. 매사에 신중하고 경계할 것. 연락금지.]

모르는 번호였다.

하지만 난 대번에 이 문자를 보낸 장본인이 누군지 알아차렸다.

'차지혜?'

내 신원이 노출됐다면 근원지는 한국아레나연구소다. 그리고 한국아레나연구소에서 내게 이런 경고를 해줄 사람은 차지혜밖에 없다.

'연구소의 누군가가 내 신원을 중국에 팔았다는 뜻이야!'

오딘의 경고도 있었지만, 설마 이렇게 빨리 중국의 시험자들에게 내 정체를 들키게 될 줄은 몰랐다.

'망할 자식들!'

한국아레나연구소를 떠올리며 나는 이를 갈았다.

각오는 하고 있었지만 막상 당해보니 분노가 치밀었다.

'차지혜는 괜찮을까 모르겠네.'

모르는 번호인 걸 보니 비밀리 내가 경고해 준 것 같은데. 이 사실을 들키면 징계를 받지는 않을까?

하지만 그녀라면 알아서 잘 처신하리라 싶었다. 워낙 똑똑한 여자였으니까.

"오빠?"

한창 흥분감에 몰입해 있던 민정이 불만스럽게 날 부른다.

나는 재빨리 문자메시지를 삭제하고 스마트폰을 내려놓았다.

"미안. 기다렸어?"

"치, 몰라요."

"뭘 몰라. 자, 어디가 얼마나 살쪘나 보자."

"아이, 징그러워요!"

"먼저 물어본 건 너잖아?"

"아, 아니에요. 생각해 보니까 전 살찐 데가 하나도 없어요."

"아냐. 잘 보면 살이 쪘을지도 몰라."

"어, 없어요, 살찐 데! 전 완벽해요!"

"세상에 완벽한 사람은 없어. 그리고 넌 이미 나의 어그로를 끌었어."

"꺄악!"

달콤한 시간이 흐른다.

하지만 나는 중국의 타락한 시험자에 대한 생각으로 머릿속이 복잡했다.

그 잡념을 떨치기 위해 더욱 민정에게 매달리는 것이었다.

『아레나, 이계사냥기』 5권에 계속…

# 내일을 향해 쏴라

### 김형석 장편 소설
FUSION FANTASTIC STORY

1만 시간의 법칙!
'성공은 1만 시간의 노력이 만든다' 는 뜻이다.

그러나…
사회복지학과 복학생 수.
전공 실습으로 나간 호스피스 병동에서
미지와 조우하다.

1만 시간의 법칙?
아니, 1분의 법칙!

**전무후무한 능력이 수에게 강림하다!
맨주먹 하나로 시작한 수의
인생역전이 시작된다!**

# 즐거운 인생

미더라 장편 소설

FUSION FANTASTIC STORY

## A Bittersweet Life

삶의 의욕을 모두 잃은 주혁.
어느 날 녹이 슨 금속 상자를 얻는데……

"분명 어제도 3월 6일이었는데?"

동전을 넣고 당기면 나온 숫자만큼 하루가 반복된다!

포기했던 배우의 꿈을 향해 다시금 시작된 발돋움.
눈앞에 펼쳐진 새로운 미래.

## 과연 그는 목표를 이루고
## 인생을 바꿀 수 있을 것인가!

Book Publishing CHUNGEORAM

유행이 아닌 자유추구 -
WWW.chungeoram.com

# 데일리 히어로

FUSION FANTASTIC STORY

## 인기영 장편 소설

지금까지 이런 영웅은 없었다!

# 『데일리 히어로』

꿈과 이상을 가진 평.범.한. 고딩 유지웅.
하지만……
현실은 '빵 셔틀' 일 뿐.

그러던 어느 날, 유지웅의 앞에 나타난 고양이.
그(?)로 인해 모든 것이 바뀌었다.

## 선행! 선행! 그리고 또 선행!

### 데일리 히어로 유지웅의 선행 쌓기 프로젝트!

Book Publishing CHUNGEORAM

유행이 아닌 자유추구
WWW.chungeoram.com

FUSION FANTASTIC STORY

미더라 장편 소설

# ODD LAWYER

Devil's
Balance

# 괴짜 변호사
## 악마의 저울

## 『즐거운 인생』 미더라 작가의
## 2015년 대작!

현직 변호사, 형사, 프로파일러, 범죄심리학 전문가 자문으로
현장의 생생함을 그대로 담아낸 현대 판타지!

## 『괴짜 변호사 : 악마의 저울』

"제가 왜 한 번도 패소한 적이 없는 줄 아십니까?"

"……"

"저는 법으로만 싸우지 않거든요."

## 법의 칼날 위에서 춤추는 자들과의
## 치열한 공방이 펼쳐진다!

Book Publishing CHUNGEORAM

북검전기

우각 新무협 판타지 소설

FANTASTIC ORIENTAL HEROES

# 2014년의 대미를 장식할,
## 작가 우각의 신작!

『십전제』, 『환영무인』, 『파멸왕』…
그리고,

# 『북검전기』

무협, 그 극한의 재미를 돌파했다.

북천문의 마지막 후예, 진무원.
무너진 하늘 아래 홀로 서고, 거친 바람 아래 몸을 숙였다.

살기 위해! 철저히 자신을 숨기고
약하기에! 잃을 수밖에 없었다.

심장이 두근거리는 강렬한 무(武)!
그 걷잡을 수 없는 마력이,
북검의 손 아래 펼쳐진다!

Book Publishing CHUNGEORAM

유행이 아닌 자유추구 -
WWW.chungeoram.com

FUSION FANTASTIC STORY

니콜로 장편 소설

# 아레나
# 이계사냥기

『경영의 대가』
## 니콜로 작가의 신작 소설!

서른을 앞둔 만년 고시생 김현호.
어느 날, 꿈에서 본 아기 천사에게 충격적인 이야기를 듣는데……

"모르시겠어요? 당신 죽었어요."

뭐?! 내가 죽었다고?

"그리고…… '율법'에 의해 시험자로 선택받으셨어요."

김현호에게 주어진 시험!
시험을 완수해야만 살 수 있다.

현실과 제2차원계 아레나를 넘나들며,
새 삶의 기회를 얻기 위한
그의 치열한 미션이 시작된다!

Book Publishing CHUNGEORAM

유행이 아닌 자유추구 -
WWW.chungeoram.com